亚宁 著

LOVE COMES LATER

爱在后来

敦煌文艺出版社

图书在版编目（CIP）数据

爱在后来 / 亚宁，王生文著． -- 兰州：敦煌文艺出版社，2018.11（2023.1重印）
 ISBN 978-7-5468-1649-4

Ⅰ．①爱… Ⅱ．①亚… ②王… Ⅲ．①话剧剧本－作品集－中国－当代 Ⅳ．① I234

中国版本图书馆 CIP 数据核字（2018）第 250698 号

爱在后来
亚 宁 王生文 著

责任编辑：田 园
装帧设计：李 娟 禾泽木

敦煌文艺出版社出版、发行
地址：（730030）兰州市城关区读者大道 568 号
邮箱：dunhuangwenyi1958@163.com
0931-2131373 2131397（编辑部） 0931-2131387（发行部）

三河市嵩川印刷有限公司印刷
开本 787 毫米 ×1092 毫米 1/32 印张 9 插页 1 字数 159 千
2019 年 6 月第 1 版 2023 年 1 月第 2 次印刷
印数：3 001～6 000

ISBN 978-7-5468-1649-4
定价：38.00 元

如发现印装质量问题，影响阅读，请与出版社联系调换。
本书所有内容经作者同意授权，并许可使用。
未经同意，不得以任何形式复制转载。

Contents

目 录

001
情定九龙山

057
爱在后来

165
裂地情

【剧本】

情定九龙山

Love Kowloon Hill

王生文

1.神奇而秀美的九龙山外景　初夏　清晨

　　青青的九龙山,如龙飞似凤舞般地迎着喷薄欲出的夏日朝阳,逶迤连绵,起伏不断。

　　绿绿的九龙湖水似一面硕大的宝镜在蓝天白云下闪闪发光,白云一忽儿在湖底静卧,一忽儿在高空与湖底并驾徐行。

　　九龙山瀑布如一条宽大的白纱带悬挂在龙门山口,一条弯弯的彩虹如七彩门一样飘悬在龙门山口的空中。

　　九龙山处处彰显着九龙圣母的美丽与神奇。

　　此时,一位二十多岁的姑娘,身着玫瑰色泳装,沿着九龙湖边的环形路向龙门山口慢慢跑着,她那健美的体态活生生地溢于泳装之外,她那超凡脱俗、轻盈洒脱的倒影在湖光里与她并行。她就是即将毕业于河大旅游系的杜青青。她自幼生长在这美轮美奂的九龙山下龙门村。她每天早晨都要站在彩虹下呼吸这里的氧粒子，沿九龙湖边慢跑热身，然后跳入湖内尽情畅游、潜水，以此健身美体。此刻，正当她站在湖边闭目静吸时，身边传来了朗朗的读书声。

2.九龙圣母庙前的珂楠树下　日外

　　一位憨厚的书生正在捧着曹靖华的散文集《花》，对着繁花似锦的珂楠树，在背诵着书中的佳句："花，它那芬芳艳丽的色香与充沛的活力，令须发霜白人，闻鸡起舞，不知老之将至；令青少年备感朝气蓬勃，生力无穷。"

　　他就是北方大学旅游系即将毕业的宋珂楠，他背诵得那样专注有神。

　　突然，他听到远处传来了同样的背诵声，他循声向山下望去，原来杜青青也在吟诵着这一段。宋珂楠望着眼前的这位美女惊呆了，他正要拿起照相机拍照时，杜青青却纵身一跃，跳入湖中。

3.九龙湖水里　日外

　　杜青青在畅游着，她一忽儿侧游，一忽儿仰游，嬉笑声在山间飘荡着。

4.九龙湖边　日外

宋珂楠在湖边抓拍着杜青青的游泳美姿。突然,杜青青在宋珂楠的镜头里消失了。他惊慌地呼叫着,然而湖中却毫无声息。

5.九龙湖里　日外

宋珂楠跳入湖中在寻找着,然而却怎么也找不着。

6.九龙湖边　日外

杜青青如出水芙蓉似的站在湖岸上,拿着宋珂楠的照相机在拍着湖中焦急的宋珂楠。杜青青瞧着宋珂楠那焦急的神态,忍不住笑了起来,她笑得那样的开心。

7.九龙湖里　日外

宋珂楠望着湖岸上的杜青青,他羞得满面通红,手足无措地在湖中打起了转转,恨不得钻进湖底永不出来。

8.九龙湖边　日外

杜青青看着宋珂楠那副尴尬的憨样,呼喊着道:"书呆子!别不好意思,上来吧!我非常感谢你的英雄壮举！"说着把宋珂楠拉上了湖岸。

9.湖岸边的凉亭里　日外

　　杜青青与宋珂楠一见钟情地闲聊了起来。

　　杜青青问："书呆子，怎么在这儿背起曹靖华的散文《花》来了？你知道曹靖华是哪里人吗？"

　　宋珂楠道："不知道！但我知道曹靖华是北大教授，是中国著名的翻译家、文学家！"

　　杜青青自豪地道："这个人很了不起吧？他就是我们卢氏人，是我们卢氏人的骄傲，也是我们九龙山风景区的骄傲！"

　　宋珂楠惊异地道："啊？怪不得我爸要我来这里撰写毕业论文，背诵曹靖华的散文，原来这是大翻译家的出生地啊！"

　　杜青青好奇地问："写什么毕业论文啊？可以告诉我吗？"

　　宋珂楠一五一十地道："可以！我叫宋珂楠，是北方大学旅游系即将毕业的学生，我的毕业论文题目是《山区旅游开发的新思路》，怎么样？"

　　杜青青兴奋地道："好啊！原来咱们学的是同一个专业啊！"

　　宋珂楠半信半疑地道："你也是学旅游专业的？"

　　杜青青道："是啊！我是河南大学毕业的！"

宋珂楠又问:"你也是来写毕业论文的?"

杜青青自豪地道:"我不是来写毕业论文的,我是来实施我的毕业论文的!我已决定回到这生我养我的九龙山,把我所学的知识和才能奉献给九龙山景区,奉献给家乡旅游事业!"

宋珂楠羡慕地道:"你太幸福了!"

杜青青道:"欢迎你也到我们景区来啊!"

宋珂楠道:"我非常愿意到这里来!这里的山,这里的水太美了!这里的人更……"

杜青青催问着:"更什么呀?还不好意思呢!九龙山的儿女就是一个比一个美!因为我们都是九龙圣母的传人,都是喝九龙圣水长大的!"

宋珂楠渴望地望着杜青青道:"我一到这里就感到,这是一片神奇的土地,这里的山山水水处处充满了传奇,令人神往,令人陶醉。你能给我讲讲九龙圣母的传奇吗?"

杜青青道:"好啊!这可是我的拿手好戏。要知九龙圣母的来历,就得从杜润玉小姐说起。在很久很久以前,这里曾住过一位杜员外,杜员外有个独生女儿叫杜润玉,她不仅长得如花似玉,光彩照人,而且心地善良,乐善好施,深受百姓爱戴。杜小姐平日里与邻居闻嫂十分要好,两人形影不离、无话不谈。有一年冬天,杜小姐与闻嫂在河边洗衣,突然河内漂来一鲜红鲜红的桃子,两人好生奇怪。闻嫂伸手捞起桃子先让杜小姐尝,杜小姐却让闻嫂先尝。二人让来让去,杜小姐实在拗不过闻嫂,拿起桃子欲尝一口,谁知那桃子刚到嘴边,却咕咚一声滚进了杜小姐的肚里……"

就在这时,一个二十多岁、身材魁梧的小伙子喊着青青的名字走来,他就是李木墩。他走到青青跟前,拉起青青边走边说:"走回家!你妈叫你回去有事!"

宋珂楠依依不舍地道:"你的故事还没有讲完……"

杜青青回头道:"我每天早上都会在这里锻炼的,我会把九龙圣母的故事给你讲完的!"

李木墩不耐烦地道:"快走吧!你妈在屋等你呢!"

杜青青挣脱李木墩的手说:"放开我,木墩哥!"

李木墩边走边指责着青青说:"你不该与一个陌生人搞得那么近乎,小心遇到色狼!"

杜青青道:"我现在不是小孩子了!你别再瞎操心好不好?"

两人你东她西地不欢而散。

10.杜青青的家里　日内

杜青青坐在饭桌前望着桌上的饭菜发呆,她眼前不时闪现宋珂楠背书的情景和跳入湖内救她时的可爱身影。母亲梁玉莲过来催促道:"青子,饭怎么还没吃,都凉了!"

杜青青道:"不饿!"

梁玉莲不解地问:"你怎么啦?不舒服啊!"

杜青青不耐烦地道:"妈,是你让木墩哥叫我回来的?"

梁玉莲犹豫地道:"哦,是!怎么啦?"

杜青青道:"以后别再叫木墩哥跟着俺好不好?俺不是小孩子啦,丢不了!"

梁玉莲不解地道:"你这孩子!狗咬吕洞宾——不识好人心!你木墩哥可全都是为你好啊!你可不能好了疮疤忘了疼……"说着便低头擦起泪来。

杜青青一见伤了母亲的心,便上前赔礼道:"妈,你别伤心!我不是不想理木墩哥,而是不想让他管俺管得太多!俺给别人说会儿话,他都不让!还说,不要我与陌生人说话!你说这……"

梁玉莲道:"这还不是为你好?咱可不能大学毕业了就忘了人家恩情!"

杜青青道:"这我知道!我这次毕业回来就是为了报答家乡父老的恩,报答木墩哥一家人的恩!"

梁玉莲道:"这妈就放心啦!你爸死得早,家里只剩咱母女二人,不是你木墩哥一家,咱母女早没命啦……再说,要不是景区父老慷慨捐助,咱哪能上得起大学啊!"

杜青青道:"妈,我知道!"

就在这当儿,青青高中时的同学孙清雅走了进来。

杜青青起身道:"是清雅啊,我正在打听你呢!"

孙清雅道:"打听我什么呀?"

杜青青道:"打听你最近在干什么呀!"

孙清雅叹了口气道:"唉,最近什么也没干成,待在家里如坐针毡!听说景区成立了艺术学校,你又是艺校的副校长,我想求老同学你帮个忙,让我到艺校做个代课教师,你看怎么样?"

杜青青道:"我看你完全行!你在职业高中时谁不知道你能歌善舞,还特别会花样游泳!要不是咱叔走得早,你恐怕艺术院校也毕业了!"

孙清雅低头流着眼泪。

杜青青望着孙清雅不好意思地道:"对不起,我不该提及这伤心的事!不过我认为,是金子总会发光的!这一回机会来了!"

孙清雅抬头期待地:"真的吗?"

杜青青道:"真的!我正准备找李总汇报发展艺校的事呢!我想在艺校的舞蹈班和游泳班里办起一个花样游泳队,你来做这个总教练,咱们把景区的舞蹈队、游泳队办成景区内最亮丽的风景线,为九龙山景区争添新的光彩!怎么样?"

孙清雅激动地抱住杜青青道:"青子姐,我太感谢你啦!事成后,我一定用我的实际行动来报答你!"

杜青青道:"那你就等候好消息吧!"

11.景区李总办公室内　日内

李总正坐在办公桌前读着那本散文集《花》,杜青青走了进来。

杜青青道:"李总你好!"

李总抬起头道:"是青青啊!快坐,有事吗?"

杜青青坐下道:"我想向你汇报一下艺校的工作,有空吗?"

李总道:"好啊!你现在就说吧。"

杜青青道:"目前艺校的导游班已经办起来了,赵志强老师正在带领学员们练习基本功,为了提高学员们的文化修养和增强景区内的文化氛围,我想让赵志强每天清晨带领学员到珂楠树前背诵名篇佳作,你看怎么样?"

李总兴奋地道:"太好了!真是不谋而合,你不来找我,我还要找你办这件事呢!那个外地学子宋珂楠,能捧着曹靖华大师的《花》,在我们景区珂楠树前大声地朗读,我们家乡人情何以堪啊?青青啊,你明天就开始办！"李总说到这里把那本散文集《花》举起来示意道："我们要让曹靖华大师的《花》，墙内墙外一齐香！"

杜青青道："谢谢李总的支持！另外，我还有一个新的创意向你汇报。"

李总道："什么新创意你尽管说吧。"

杜青青道："我想在游泳班里建一支女子花样游泳队，使她成为景区里一道最养眼的风景线，吸引更多的游客来这里旅游，来这里休闲。"

李总道："好主意，有创意！不过组织花样游泳队的关键是有没有好教练啊！"

杜青青道："李总，我已经物色了一位青春靓丽的女教练。"

李总兴致勃勃地道："哦，快说说看。"

杜青青道："她叫孙清雅，二十多岁，县职业高中旅游专业毕业的学生，在校时是师生们公认的校花，曾在女子花样游泳比赛中获得过亚军，我想推荐她来担任教练，你能否先面试她一下？"

李总思摸片刻道："这事还是这样办吧！面试的事就让你们的校长李健男与你一同去办，然后再向我汇报！"

杜青青应声道："好的。"

12.九龙洞珂楠树前　清晨

　　三十多岁的赵志强老师,正领着导游队的孩子们在珂楠树前诵读着曹靖华先生的散文《花》中精彩片段:花,它那芬芳艳丽的色香与充沛的活力,令须发霜白人,闻鸡起舞,不知老之将至;令青少年备感朝气蓬勃,生力无穷。

　　朗朗的读书声在山间回荡着。

13.九龙湖岸上的凉亭内　日外

　　宋珂楠站在那里期盼着杜青青的到来。

14.沿着九龙湖边的环形路上　日外

　　杜青青身着运动服在环形路上慢跑着。

15.九龙湖岸上的凉亭内　日外

　　宋珂楠发现了杜青青的身影,他边招手边呼叫着:"青青,我在这儿等你呢!"

　　杜青青跑过来道:"对不起,让你久等了!"

　　宋珂楠迫不及待地道:"你就赶快接着往下说吧!那个桃子怎么会自动滚进杜小姐的肚子里呢?"

　　杜青青道:"书呆子,那桃子是王母娘娘投下来的,有灵气的。"

　　宋珂楠不解地道:"王母娘娘为什么这么做?"

杜青青道："为了解除天下旱情！王母娘娘奉玉皇大帝旨意,带九龙下界布雨,这才将九龙放入蟠桃内,驾云头来到了杜小姐与闻嫂洗衣河的上空,将蟠桃投入河内。结果那放有九龙的桃子便滚进了杜小姐的肚里。"

　　宋珂楠惊叹地道："一口吞下九条龙,这怎么得了啊！"

　　杜青青道："是啊。自那日以后,小姐不思饮食,并不时恶心呕吐,人也日见消瘦,整日闭门不出,闷闷不乐。杜员外为女儿请来了老郎中诊治,不料老郎中却说小姐身怀有孕。杜员外听了,如同五雷轰顶,顿时跌倒在地昏了过去。杜员外清醒过来,抓起木棒直奔闺房,拉住女儿便是一阵好打,打得小姐死去活来,威逼小姐交代出是何家畜牲所为。然而,无论怎么毒打,杜小姐也说不出个子丑寅卯来。杜员外欲将小姐拖出去活埋。闻嫂和乡亲们得知后,就偷偷将杜小姐安置在山洞里,大家轮流照顾着杜小姐的饮食。"

　　宋珂楠担心地道："后来呢？"

　　杜青青道："走,我们到洞口珂楠树前,听我慢慢给你道来。"

16.九龙洞口珂楠树前　日外

　　高大伟岸的珂楠树屹立在洞前。

杜青青指着那棵珂楠树道:"宋珂楠,你虽然名字也叫珂楠,但你知道这棵高大伟岸的珂楠树的来历吗?"

宋珂楠摇摇头道:"不知道!"

杜青青道:"这棵高大伟岸的珂楠树,就是当年闻嫂给杜小姐送饭时所用的桃木棍子长成的啊!"

宋珂楠惊叹地道:"啊,怪不得俺爸给我起名珂楠!太神奇了!"

杜青青道:"是啊!那天闻嫂前来送饭,她用一根桃木棍子挑着一篮子馍和一罐子小米汤往山洞口走来。她在洞口放下饭挑,把挑饭的棍子插在地上的石缝中,然后就一手提着馍篮,一手提饭罐向洞内走去。她边走边喊着杜小姐,可洞里却无人应声,这时闻嫂便加快了脚步。当她来到杜小姐的地铺前时,杜小姐早已躺在了血泊之中,她的身上爬满了各种颜色的小龙,闻嫂惊叫一声便昏死在洞内。"

宋珂楠惊异地道:"这可怎么办呀?"

杜青青道:"此刻,王母娘娘闻讯赶来,清点了九条小龙,当即唤醒润玉小姐,向润玉小姐赔礼道歉,并封润玉小姐为九龙圣母,嘱咐她要好生教练九龙真功,早日跃出龙门,腾飞万里长空,行云布雨,以保天下风调雨顺,五谷丰登。九龙圣母都一一答应,但当她望着昏死在地的闻嫂时,当即向王母直陈,闻嫂保护九龙转生有功,不该落此下场。王母娘娘便封闻嫂为桃花圣母,命她到东西桃花掌管众位桃花仙子,惠及黎民百姓,永享太平。"

宋珂楠如释重负地道:"这还差不多!"

杜青青转身指着九龙湖道:"自从九小龙出生后,九龙圣母就是在这九龙湖里教会了九小龙如何腾云驾雾,如何倒海翻江,如何行云布雨,如何造福天下惠及百姓。九小龙终于在圣母的教养下练就了一身好功夫,他们尊其母训在四方行云布雨,各就其位,各尽其责。从此这一带山川风调雨顺,连年丰收,山也愈清,水也愈绿,天也愈蓝,云也愈白,真的如人间仙境一般。连闻嫂插在洞口的那条桃木棍子也生根开花,郁郁葱葱,年年岁岁花长开,岁岁年年花不同。唯独杜员外的数百亩良田非旱即涝,后来竟然在一场暴雨中全部被冲毁,杜员外也气绝而亡。"

宋珂楠慨叹道:"真是善有善报,恶有恶报!"

17.九龙泉水旁　日外

一股清澈的九龙泉水从山洞里向外流淌着。

杜青青向宋珂楠介绍道:"这就是九龙圣泉水,这是圣母的乳汁所变,九条龙就是喝这股泉水长大的!"

宋珂楠惊疑地道:"真的吗?"

杜青青道:"真的!我们就是因为饮了这股泉水,我们九龙山的小伙子才个个身强体健,我们九龙山的姑娘们的皮肤一个比一个嫩白!"杜青青自豪地指着自己道:"不相信,你就看看我呗!怎么样?"

宋珂楠羞得低下了头。转而又惊奇地问:"哎,九条小龙有男有女,他们怎么住啊?"

杜青青道:"好你个书呆子,你想得挺生活的啊!这个问题九龙圣母早安排好了!走,咱们到九龙洞内一看就明白了!"

杜青青与宋珂楠往九龙洞内走去。

18.洞口不远处　　日外

李木墩手里紧握着一把斧子,向洞口走来。

19.九龙洞内　　日内

杜青青与宋珂楠来到洞内的高台上。

李木墩躲在不远处偷听着、观察着。

杜青青边走边向宋珂楠介绍道:"这洞一共九层楼,一层住一条龙,一层、二层住着大龙和二龙,三层到九层住着七个姑娘!挺宽畅的!也挺合理的!"

宋珂楠道:"圣母考虑得挺周全的!不然,男女混住很不方便的。"

杜青青笑着道:"这一回方便了吧?"转而拉了一

把宋珂楠道:"你听,地下有水声吧?"

宋珂楠听了一会儿道:"真的有水声啊!"

李木墩望着他们如此亲近,拿起斧子往前赶去。

杜青青与宋珂楠突然起身往回走来。

李木墩慌忙向洞外奔去。

20.梁玉莲家　日内

梁玉莲正坐在院子里石桌旁纳着鞋底。

李木墩从大门外走进院子道:"梁婶儿,纳鞋底呢?"

梁玉莲停下手里的活计道:"哦,是木墩来了。你坐呀。"

李木墩应声坐下。

梁玉莲见木墩坐着一言不发,便问道:"木墩啊,你有事吗?"

李木墩吞吞吐吐地道:"我,我心里憋屈。"

梁玉莲道:"憋屈就说出来,别一直闷在心里。"

李木墩道:"梁婶,你得管管青子!你看她最近,一直往那个宋珂楠那里跑,好像丢了魂儿似的。两个人有说不完的话。我不让她去,她就说我多管闲事!我不是多管闲事,我是怕她上当受骗!一个外乡人,靠不住!梁婶,你得管管她!别叫闹出什么事来!"

梁玉莲叹了一口气道:"管,婶不是不管!不过,木墩啊,青子也不是小孩子啦,她不会做对不起你的事的!也绝不会跟生人跑的!你就放一百条心吧。"

李木墩这才起身道:"婶儿这么说我就放心了。婶,我走了。"

梁玉莲起身送至门口道:"木墩,婶子提醒你,你们年轻人的事,还得由你们自己做主,有时候婶子也确实管不了啊!"

21. 李木墩家　傍晚内

五十多岁的闻秀英正坐在灶前烧火做饭。

李木墩走了进来。

闻秀英道:"你又去找青子了?"说着起身去搅锅。

李木墩边烧火边道:"去了,她没在家。"

闻秀英道:"青子她妈啥态度?"

李木墩道:"她妈说,管不了。"

闻秀英叹口气道:"唉,真是儿大不由娘啊!"说着将锅盖上道:"木墩啊,当初可是你梁婶答应把青子许给咱的呀!要不,娘再去说说?"

李木墩道:"妈,你就别去说了!我们年轻人的事,我们自己解决!"说着拿起灶边的斧子看了看,往地上猛一砍道:"我就不信斗不过他!"

闻秀英惊慌地道:"木墩,你可别乱来啊!"

李木墩道:"娘,我知道!"

22.九龙山景区宾馆　夜外

　　景区宾馆门前车水马龙,灯火辉煌,人来人往。

　　宋珂楠手提公文包走近宾馆大门。

　　李木墩手执斧子,四下窥探了一阵,迅速溜进宾馆大门。

23.一楼客房内　夜内

　　宋珂楠正在灯下翻阅着毕业论文。

　　论文题目特写:九龙山景区旅游开发的新思路。

　　宋珂楠坐在桌前望着桌上的论文陷入美好的憧憬中:

　　景区的蓝图画面。

　　景区旅客云集的繁荣景象。

　　他与杜青青划船、畅游的画面……

　　突然,一阵敲门声把宋珂楠从回忆中唤醒。他以为是杜青青来找他,急慌忙兴奋地起身道:"是青青!"当他满心喜悦地将门打开时,不料迎来的却是一把晃动的铁斧子,吓得他倒退了几步。

　　一脸怒气的李木墩冲进门来,将门砰的一关道:"没想到是我吧!你想与青子约会是吧?你先问问这斧头答应不答应!"

　　宋珂楠惊恐地道:"你想干什么?"

李木墩气冲冲地道："我想让你认识认识我李木墩是不好惹的！老实告诉你，青子早已是我的人啦！谁也别想夺走她，否则，我就劈了他！"

　　宋珂楠道："不，不，不！你你你误会了！"

　　李木墩上去抓住宋珂楠的脖子，用斧子对着他的头道："你别耍滑头！你明天就给我离开九龙山！否则，我让你……"说着用斧子在宋珂楠的脑门上晃了几晃。

24.杜青青的房间里　　晨内

　　杜青青正在更衣镜前一边哼唱着"我们的家乡在希望的田野上……"，一边穿着那身玫瑰色泳装在照着镜子，然后从衣架上拿过一件乳白色的风衣穿在身上，兴冲冲地走出门外，直奔景区宾馆而去。

25.景区宾馆　　晨外

　　杜青青走进宾馆大门，拐进一楼走廊，直向宋珂楠住的房间走去。

　　杜青青在门前不停地敲着，然而却不见宋珂楠开门。

　　杜青青正在纳闷，一位女服务员走过来问："请问，你找谁？"

　　杜青青道："我找这房间里的宋珂楠呀！"

服务员道:"对不起!他已经退房走了。"
杜青青惊异地道:"啊?什么时候走的?"
服务员道:"刚走。"
杜青青转身往外追去。

26.景区大门口　日外
一辆大巴车正在启动。
宋珂楠匆匆跳上了大巴车。
杜青青追了过去,她边追边喊:"珂楠,你等等!"
大巴车却越走越远。
杜青青飞也似的跑上一个山包顶,向着盘山道上的汽车高喊道:"珂楠!你回来!我知道,你爱九龙山……"声音回荡在山谷里。

27.一个小山包上　日外
李木墩气得怒目圆瞪,攥着拳头发泄地捶打着身旁的松树:"他不是在爱九龙山,他是在爱你!杜青子,你为什么爱他不爱我!"
李木墩气急败坏地冲下山坡。
李木墩朝小河边跑来。

28.小河边　日外
一个身系粉红色护裙的姑娘正在河边涮着几个

拖把，她就是度假村"朵朵香饭店"的小老板张朵朵。你看她涮得那么干练、那么潇洒。

李木墩跑到河边，连鞋也没脱就气冲冲地跳过小河往村子里奔去。

张朵朵喝住从身边过去的李木墩道："木墩哥，怎么见我连个招呼都不打就走啊？"

李木墩站住回头道："对不起，朵朵！我有急事！"

张朵朵道："木墩哥！我知道你心里难受，也知道你现在要去干什么！你要去找青子算账，对吧？"

李木墩站着点了点头。

张朵朵道："木墩哥！你回来听我一句劝好吗？"

李木墩顺从地走了回来。

张朵朵道："木墩哥，你天天早上到我朵朵香饭店喝羊肉汤，今天早上咋没去呢？"

李木墩道："喝什么羊肉汤，气都气饱了！"

张朵朵道："你这不是自找烦恼吗？人活要活得实在些，不要想得太高，不是自个儿的东西就够不着，是自己的不费劲儿就会落到手心里的。我知道你爱青子，但爱一个人不要存邪念，不能认为你帮助过青子一家，就非要人家青子嫁给你，那不是真情实意，那是虚情假意，说得再严重些，那叫乘人之危。你说对不？"

李木墩憨厚地一笑道："朵朵，还是你说得对！什么闹心的事只要经你一说,当下就不闹心啦!"

张朵朵开心地道:"真的吗?"

李木墩点着头道:"真的!这一会儿我心里好受多啦!刚才我气得直想去杀了青子!"

张朵朵道:"千万别干傻事!来,帮我把拖把拿上!到饭店我给你烩一碗鲜羊肉汤怎么样?"

李木墩笑了,他扛起拖把就走。

张朵朵欣喜地追了上去。

29.河边不远处　日外

李木墩的母亲闻秀英望着木墩与朵朵如此亲热,放心地笑了。

30.梁玉莲的家里　日内

杜青青躺在屋内床上百思不得其解。她眼前又出现了与宋珂楠约会准备游泳的情境。

杜青青的画外音:"我们约定好去游泳的啊?他为什么突然不辞而别呢?一定是李木墩从中作梗!"

杜青青从床上折身起来道:"找他去!"说着便气冲冲地往屋外走去。

梁玉莲挡住青子道:"青子,你要去哪儿?"

杜青青道:"我要找李木墩问个究竟!是不是他

赶走了宋珂楠！"

梁玉莲道："我的小祖宗，他宋珂楠走了就走了，你别去惹这个祸好不好？"

杜青青气愤地道："不行！我再也不能忍受啦！他李木墩一家对咱有恩，但不能非要让女儿我嫁给他才算报恩吧？我再也不能这样活下去啦！"说着便挣开母亲的拦挡往外走。

梁玉莲却声嘶力竭地叫喊着："青子！你回来，娘跟你跪下啦！"

杜青青转身一看，梁玉莲果然跪在地上，青青痛楚地扑倒在梁玉莲的怀里道："妈！这是为什么啊！"母女俩哭成了一团。

梁玉莲扶起青青诉说着二十年前的隐情："二十年前，你爹在调往海南时不幸轮船失事，你爹失踪，当时我已怀你六个月有余，你的奶奶本来卧病在床，一听到你爹失踪的噩耗，当时就气绝身亡。是你木墩哥一家人帮着咱送走了你奶奶。事后咱们家住的窑洞坍塌，咱们无家可归，他们都劝我另嫁他人，可我身怀六甲，谁肯收留我啊！当时就是木墩妈，她让我到九龙庙去暂且栖身……

31.画面闪回二十年前的九龙庙内

　　梁玉莲怀着沉重的身子打扫庙院……

梁玉莲在庙内临产前的痛苦画面……

闻秀英带着刚满五岁的李木墩来给梁玉莲送饭的画面……

闻秀英与李木墩忙于给梁玉莲接生的场面……

梁玉莲从闻秀英手中接过刚出生婴儿的可喜场面……

闻秀英在喂梁玉莲喝汤的场面……

李木墩爬在床边玩小婴孩儿脸的场面……

梁玉莲脱口而出道："木墩，你喜欢她，等她长大了就跟你！"

32.画面闪回梁玉莲的家里

梁玉莲从回忆中回到了现实中，她内疚地道："我当时确实说了让你跟他的这话！你现在要去木墩家问，我这脸往哪儿搁啊！"

杜青青道："妈，咱总不能老这样下去吧！"

梁玉莲道："前两天，木墩来找我诉说委屈，我曾试探着说，你们年轻人的事还是由你们自己做主……"

杜青青道："他是什么反应？"

梁玉莲道："他虽没与我闹，但他心里非常不高兴！"

杜青青道："宋珂楠的走，肯定与木墩哥有关！"

梁玉莲道:"宋珂楠不是已经走了吗?你何必再去得罪木墩呢?你听妈说,千万别着急,要慢慢等!俗话说,有缘千里来相逢,无缘对面不相识!珂楠他心里真有你,他是会来找你的!再说了,要真是木墩从中作梗,他宋珂楠就偷偷地跑了,这不是胆儿太小了吗?"

杜青青听了母亲这番话,不禁豁然开朗地道:"对啊,他宋珂楠的胆儿也真的太小啦!"

33.九龙山景区艺术学校内　日外

操场上,一群女生身着练功服正在练着踢腿功。

孙清雅推着自行车,车后带着一包行李,走进校园里来。她正在犹豫时,一位温文尔雅的教师从眼前不远处走过,他就是学校的语文教师赵志强。

孙清雅顿时心跳加快,脸上泛起了红晕。

孙清雅的画外音:这不是我曾经喜欢的赵志强老师吗?

赵志强却目不斜视地走了过去,形同陌路。

孙清雅终于鼓着勇气喊住了赵志强:"赵老师……"

赵志强回身一愣道:"哦,你是……你找谁?"

孙清雅道:"赵老师,我就是那个爱写作文的孙清雅呀!你不记得我啦?你还经常把你订的《少年文艺》给我看……"

"哦……"赵志强拉着长腔想了一会儿，顿时脸上舒展出欣慰的笑容来："原来是孙清雅呀！都长成大姑娘了，我都不敢认了！你这是？"

孙清雅道："景区让我来当舞蹈老师，没想到在这儿遇见老师你。"

赵志强接过孙清雅的自行车道："那太好了！先到我住室吧，等李校长回来再给你安排住室。"

孙清雅不好意思地道："中。"

34.赵志强住室　日内

赵志强的住室虽然简陋，但非常整洁。

赵志强把行李放到床上道："清雅，你随便坐。"

孙清雅应声坐在了电脑桌旁。

赵志强坐到床边道："清雅，你来得真及时，舞蹈班和游泳班的学生正等着你来教他们呢！"

孙清雅道："赵老师，你以前是我的老师，现在还是我的老师，希望你对我多多指点。"

赵志强道："现在咱们是同志了，咱们共勉吧。"

孙清雅道："赵老师，你的孩子多大了？上学了吗？"

赵志强愣住了。

孙清雅惊疑地道："难道你至今还没有……"

赵志强低着头，潸然泪下。

孙清雅不好意思地道:"对不起,我不该问这些。"

赵志强道:"清雅啊,老师不怕你笑话。因为我一直是个临时代课教师,没能力成家啊!这一回不是景区办艺校,我恐怕又失业了。"

孙清雅恍然大悟地道:"原来是这样啊!赵老师,别伤感!有景区信任咱们,咱们就为卢氏的旅游开发干出一番事业来,相信我们的梦一定会实现的!"

赵志强道:"但愿如此。"

35.太平市宋大志的客厅里　日内

客厅里陈设古朴典雅,沙发和茶几全是红木做的。正面墙上挂着一幅镶着褐色木边的镜框,镜框上镶有金黄的铜花,镜框里是青年宋大志与其爱人的结婚照。

宋大志坐在沙发上,凝望着镜框里的女人在发呆。

宋珂楠兴冲冲地走进客厅道:"爸,我的毕业证领回来了!"说着从挎包里拿出证书递了过去,"你看!怎么样?"

宋大志接过证书欣喜地道:"非常不错!你终于大学毕业了!爸爸祝贺你啊!来,坐下!说说你下一步的打算。"

宋珂楠胸有成竹地道："我已经做好了一切准备，要到九龙山景区去竞争景区的业务经理，怎么样？"

宋大志道："不怎么样！九龙山景区不能去！"

宋珂楠反问道："你既然不愿意让我去九龙山景区,那你为什么却要我去那里考察呢？"

宋大志道："因为你写的毕业论文就是山区旅游发展的新思路嘛！我知道那里的生态环境特好,而且有许多人文景观和美丽的传说,它能启发你对山区旅游开发的一些新思维！实践证明,你去那里考察的成果很显著嘛！你的毕业论文不是已被评为优秀毕业论文了吗？"

宋珂楠道："正因为我的毕业论文是优秀论文,我才要到九龙山景区竞争业务经理,我要把我的新思路在那里变成现实！"

宋大志道："你真是异想天开！你去哪里都行,但就是不能去九龙山！"

宋珂楠惊疑地问："为什么？"

宋大志反问道："你问我为什么？我还要问你究竟是为什么要去？"

宋珂楠道："我爱九龙山！我爱那里的山,爱那里的水,爱那美丽的……"宋珂楠本想说爱那美丽的杜青青,但却又急转弯地道："爱那美丽的珂楠树！"

宋大志道："我还以为你爱上了那位美丽的姑娘啦！不论你爱那里的什么，都不允许你去九龙山！就是你真的爱上了那里的姑娘，你也不能去！"说毕正欲往楼上去，客厅里的电话响。宋大志拿起电话道："喂，我宋大志！哦，你高晨星啊！老同学你好啊！珂楠已经毕业了！你想让珂楠到你们朝阳市去？太好啦！我正发愁没合适的地方去呢！"

宋大志兴奋地放下电话道："太好啦！你高叔叔想让你到朝阳市去！"

宋珂楠问："去朝阳市干什么？"

宋大志道："不论干什么都比去九龙山强！"电话又响。宋大志拿起电话道："喂，我宋大志！哦，要开常委会，我马上就去！"

宋大志放下电话道："你给我在家好好待着！等我开完常委会，咱们就一道去朝阳市找你高叔叔！"

宋珂楠望着宋大志离去的背影道："对不起老爸你了，我的事我做主！"说着便从房间里拉出一个带轱辘的行李箱，趴在桌上写了个纸条，提上行李箱出门而去。

36.朝阳市汽车站　日外

一辆九龙山风景区的旅游车正好从站内驶出，宋珂楠一招手，旅游车便打开了车门，宋珂楠登上汽车往九龙山而去。

37.宋大志的客厅　日内

　　宋大志走进客厅就喊叫宋珂楠,然而却没有人应声。宋大志在客厅的桌子上发现一个纸条。

　　纸条特写并伴画外音:爸爸,请你原谅!我到九龙山景区去了!我的工作我做主。你就别操儿子的心啦!你往后还是多操操你自己的心吧!你的儿子:宋珂楠。

　　宋大志的画外音:我的好儿子,你走了,老爸一个人怎么办啊!

　　宋大志猛然抬头望见客厅墙上他与妻子的照片,顿时陷入了痛苦的回忆之中,那照片是他与梁玉莲结婚时的照片,二十多年前与妻子离别时的情景又浮现眼前……

38.镜头闪回到二十多年前

　　九龙山龙门村村头,宋大志与身怀有孕的梁玉莲在依依告别。

　　宋大志道:"玉莲,我这次去海南的时间长,你一定要多多保重,不仅要照顾好自己,而且还要照顾久病在床的老母亲。待我到海南安顿好之后,再回来把你们都接到海南去!"

梁玉莲道:"你放心去吧!我会照顾好咱妈的!"

宋大志道:"玉莲,辛苦你了!"

39.镜头闪回到宋大志的家门口

宋大志家的大门已破败不堪,大门上贴着的白对联还依稀可见。院子里窑洞坍塌一片狼藉。一位小孩子望着陌生的宋大志道:"你找谁?"

宋大志道:"我找这院子里的主人!"

小孩子道:"这院子里的主人不在这里住啦!"

宋大志问:"他们上哪儿去啦?"

小孩子道:"宋大奶奶早已不在了!宋大婶子带着孩子改嫁了!现在住在九龙庙内。"

40.镜头闪回到一座坟前

宋大志在龙门村后的坟前祭奠着老母亲……

41.镜头闪回到古老的九龙庙前

宋大志戴着墨镜来到九龙庙前站住了。

两个小孩儿在庙前玩捉迷藏。

小的就是刚满五岁的杜青青,大的是十几岁的李木墩。

杜青青躲在大石后喊着:"木墩哥!开目啦!你找我在哪里呀!"

李木墩道:"青子！我看见你啦！"说着上去便把青青从石后拉了出来。李木墩道:"这一回该我刮你鼻子了吧？"

杜青青望着走过来的宋大志道:"木墩哥,你看,来了个生人！"

李木墩转身一看果然有一个人站在面前。李木墩惊疑地问:"你找谁？"

宋大志道:"我想找这里的看庙人。"

机灵的杜青青问:"你上香吗？"

宋大志道:"当然上香啦！"说着从口袋里拿出十元钱道:"你看,这就是买香火的钱！够吗？"

杜青青道:"够啦！"说着拿过钱向庙旁厢房跑去:"妈,爸！有人来上香啦！"随着杜青青的喊声,从屋内走出一男一女来,女的是梁玉莲,男的是梁玉莲的丈夫杜大山。

梁玉莲接过青青手中的钱道:"这位先生,你真的要上香吗？"

站在不远处的宋大志应声道:"哦,是是是！"

梁玉莲转身对杜大山道:"她爹,你去领这位先生上香去吧！"杜大山应声随宋大志而去。

九龙圣母庙内,杜大山把香火点燃递给了宋大志,宋大志接过香火向九龙圣母恭恭敬敬地作了个揖,将香火插进炉内,跪下叩头并祈祷着⋯⋯

画外音:玉莲,我对不起你,我回来晚了。愿圣母保佑你们母女永远平安!

宋大志将一个手巾包放在香炉下。

宋大志,依依不舍地离开圣母庙……

42.镜头闪回到宋大志客厅内

宋大志不禁暗自伤心,他望着墙上的照片,泪水终于模糊了他的视线……

43.九龙山景区会议大厅内

大厅上方张贴着"九龙山景区招聘大会"的横幅。

大厅内座无虚席。

景区李总、李健男和杜青青等人在大厅舞台上就座。

九龙山景区招聘会正在进行。

宋珂楠在滔滔不绝地演讲着:"同志们!也许你们会问,你是城里人,为什么要到山里来竞聘这个业务经理?因为我爱九龙山的群峰绿波,爱九龙湖水的明净清澈,更爱这里的人文景观和神奇传说,我要在这里实现我的旅游开发新蓝图、新谋略!"

台下响起一阵热烈的掌声。

宋珂楠接着说:"我愿与九龙山人,精诚团结,开拓进取,把九龙山景区打造成为生态旅游的胜地,人文景观的胜地,陶冶情操的胜地,延年益寿的胜地,让九龙圣母的神奇永远惠及这里的黎民百姓,让这一方山河永葆其美妙青春!"

场内响起长时间的热烈掌声。

李总站起来道:"同志们!听了宋珂楠的竞聘演说令人振奋、令人陶醉,景区领导班子非常满意!我代表景区领导班子郑重宣布,从即日起,由宋珂楠同志担任九龙山景区的业务经理!"

场内又是一阵热烈的掌声。

44.景区朵朵香饭店　傍晚

朵朵香饭店门前灯火辉煌,车水马龙。

张朵朵正在大厅里向员工们训着话:"各位员工,大家听好了!今天景区业务副经理杜青青,要请新上任的业务经理宋珂楠来我们朵朵香一叙往日情缘,你们一定要用一流的服务待好客人,绝不能有半点差错!听清了吗?"

员工们齐声道:"听清了!"

张朵朵道:"听清了就分头行动!"

就在这时,杜青青与宋珂楠双双走进大厅。

张朵朵迎上前去道:"欢迎二位光临我朵朵香饭店!"

杜青青握住张朵朵的手道:"好一个张朵朵,你竟然成了景区第一店的老板了!生意挺火的嘛!"

张朵朵道:"这都是托你们二位旅游开发的福啊!请问你们一共几位?"

杜青青道:"就我们二位。"

张朵朵向一位服务员招呼道:"服务员,请带二位到今日有约客房就座!"

杜青青道:"谢谢朵朵一番美意!"

张朵朵望着青子走去的背影自语道:"要感谢我的还在后边呢!"

45.今日有约客房内

客房内舒适温馨。

桌上放着一瓶干红,四小碟凉菜摆放在中间,两双筷子和两个高脚玻璃杯分放在两边的座位前。

女服务员彬彬有礼地让座道:"请二位就座!"

杜青青和宋珂楠落座。

宋珂楠道:"挺温馨的嘛!"

杜青青道:"要不怎么叫今日有约客房呢?"

女服务员打开瓶盖,将酒满上后道:"请二位慢用!我在门外,有事叫我。"

杜青青应声道:"好的!"

服务员走后,杜青青便举起酒杯道:"这第一杯,首先为你能再来九龙山而干杯！"

宋珂楠举杯道："谢谢！"

杜青青又举起第二杯酒道："这第二杯酒，为你今天的竞聘成功而干杯！"

宋珂楠举杯道："谢谢！"

杜青青朝宋珂楠审视了片刻道："今天听了你的竞聘演说，你一个外乡人对九龙山竟如此热爱，让我深受感动！特别是你讲到，你爱九龙山，爱它的雄伟，爱它的神奇，你要在这里实现你的旅游开发的新思路、新蓝图！这让我羡慕、让我共鸣！但是，我有一问题却百思不得其解啊！"

宋珂楠惊异地道："哦，什么问题？"

杜青青道："你既然对九龙山爱得如此深沉，却为什么又不辞而别呢？难道有什么难言之隐？"

宋珂楠突然将桌子一拍道："问得好！我这次来其一是为了竞聘这个业务经理，其二就是要消除我的难言之隐，找回一个男子汉的尊严！"

杜青青敏感地道："哦？难道有人……"

杜青青的话未说完，张朵朵拉着李木墩的耳朵闯了进来。

杜青青问："这是怎么回事？"

张朵朵道："他在外边偷听！让他给你们俩说清楚！"

杜青青埋怨道:"木墩哥!你别再添乱好不好?我求你啦!"

宋珂楠气愤地站起来道:"你在偷听别人的隐私啊!对不起,我告辞了!"宋珂楠说毕就走出包间。

杜青青气极地道:"木墩哥,你还叫人活不活?"说着趴在桌上哭了起来。

李木墩束手无策。

张朵朵道:"你还不快把客人找回来!"

李木墩转身欲走,宋珂楠掂着一把斧子冲了进来道:"李木墩!你慢点儿走!咱们今天要当着青青的面做个了断!"

杜青青惊呼道:"珂楠,你冷静点儿!"

张朵朵将身子往前一横,把李木墩挡在身后道:"宋珂楠,你要干什么?"

宋珂楠道:"李木墩,你是男子汉就往前边站!你以为用斧头就能把我吓跑吗?我当时只是怕你干扰我写论文,才不辞而别的!这一回我来就不走了!"说着就将斧头把从朵朵的身边递过去道:"李木墩,我把斧头给你,你就是把我的头劈两半,我也决不眨一下眼!来啊!"

张朵朵这才拉住李木墩的耳朵道:"你还不赶快出来认个错!"

李木墩这才支支吾吾地道:"珂楠兄弟,上次都怪我一时糊涂,对不起你,也对不起俺青子妹子!俺刚才站在外面是想进来给你俩道歉,不敢进来,是朵朵给俺力量才进来的。俺只是想认错,不是偷听什么隐私。往后你们俩不管去哪儿搞隐私,俺都不管!"

　　宋珂楠不好意思地道:"木墩哥!我错怪你啦!"说着上去紧握着李木墩的手。

　　杜青青也激动地上去握住李木墩的另一只手道:"木墩哥!你真是俺的好哥哥!"

　　张朵朵则爽朗地道:"青子妹子,你别忘了我这个未来的好嫂子!"

　　杜青青望着李木墩道:"木墩哥,这是真的吗?"

　　李木墩憨厚地点着头。

　　张朵朵拉起木墩边走边说道:"快走,我的傻木墩!别再干涉人家的隐私!"说罢二人离去。

　　杜青青与宋珂楠迫不及待地拥抱在一起。

46.九龙湖边　　清晨

　　杜青青和宋珂楠朝九龙湖边走来。两个久别重逢的恋人跳进湖内尽情地畅游着。

　　湖岸上,孙清雅带着一队游泳女生走来。她们望着湖内的一男一女游得如此优美,如此多姿多彩,不禁发出了赞叹的呼声。

　　此刻,杜青青在水中呼叫着孙清雅道:"清雅!还不赶快带她们下来练！我把宋经理都给你们请来啦！咱们共同来一段花样游泳，让宋经理瞧瞧！"

站在湖边的清雅应声道："好嘞！我带她们做完热身操就下去！"

湖中二人边游边说着话。

湖岸上，孙清雅在领着一队穿着泳装的小姑娘们做着热身操。她们做得非常认真、非常优美。

正在湖中游着的宋珂楠，望着岸上的游泳队道："好一道美丽的风景线啊！"

游在一旁的杜青青道："不错吧！这就是按照你的新思路搞起来的！"

宋珂楠道："我看一个个都像小龙女，叫小龙女游泳队怎么样？"

杜青青道："太好啦！我正愁没有合适的名字呢！"

就在这时，孙清雅带着游泳队跳进了湖内。孙清雅在最前边，后边紧跟着两个小队的姑娘，两个小队仿佛两条绿色游龙一般，在湖中不断地变换着队形和花样。杜青青和宋珂楠也兴奋地溶进了其中，顿时，游泳队变成了二龙戏珠的队形：杜青青领着一队，孙清雅领着一队，两队在共同追赶着宋珂楠。

岸上，赵志强带着一帮学生在喝彩，好晨练的游人们在喝彩，李总和他的儿子李健男也在喝彩。

李健男向父亲介绍道:"爸,这个孙清雅确实是个人才,不仅人长得漂亮,而且舞蹈、唱歌、游泳,样样都十分优秀啊!"

　　李总道:"哦,在你眼中优秀的女孩子不多啊!怎么,该不是有意思了吧?"

　　李健男不语,转身离去。

　　李总急转身喊着李健男道:"你等等!你没有回答我怎么就走呢?"

　　李健男道:"爸,实话告诉你,我有意思也已经晚了!"

　　李总不解地问:"为什么?"

　　李健男道:"人家正追着赵志强老师呢!"

47.赵志强住室内

　　赵志强坐在桌前正回忆着白天孙清雅在湖边做热身操的画面;

　　孙清雅在水中游泳的美丽画面;

　　孙清雅在水中向他招手的画面……

　　孙清雅走进来打破了赵志强的回忆,赵志强道:"是清雅啊,你坐!"

　　孙清雅却含羞地不敢坐。

　　赵志强问:"有事吗?"

　　孙清雅支支吾吾地说不出话来,临了她终于掏出一封信放到桌上便跑了出去。

赵志强打开信在读着。

画外音：亲爱的赵老师！我在初中时就喜欢你，喜欢你的人，喜欢你的文，特别喜欢你吹的那优美的笛声，你的笛声唤起了我的歌，唤起了我的舞啊！我愿与你结为终身伴侣，你不会拒绝我吧？让我们携起手来，为景区的旅游业奉献我们的青春吧！

赵志强读到这里再也按捺不住内心的冲动了，他飞也似的向孙清雅的住室跑去。

48.孙清雅的住室

孙清雅的住室内亮着灯。

孙清雅在焦急地等待着。

赵志强推开孙清雅的门便冲了进去。

室外不远处，李健男在徘徊着。

赵志强与孙清雅紧紧地拥抱在一起。

李健男扫幸地离去。

49.梁玉莲的院子里　初秋

院子里堆放着一堆刚摘回的红辣椒，梁玉莲坐在旁边正串着辣椒。

杜青青兴冲冲地走到梁玉莲跟前，一边捡拾着辣椒一边道："妈，我告诉你一个好消息！"

梁玉莲道:"什么好消息? 看把你高兴的!"

杜青青道:"木墩哥有对象了!"

梁玉莲惊异地道:"啊? 真的吗? 是谁?"

杜青青道:"张朵朵!"

梁玉莲如释重负地道:"这一下,我就放心了。"

杜青青神秘地道:"妈,还有一个大好消息!"

梁玉莲不解地道:"什么大好消息? 看你神秘兮兮的。"

杜青青爬到梁玉莲的耳边,压低声音地道:"宋珂楠经理要来拜访您老人家! 欢迎不?"

梁玉莲道:"不欢迎! 我一个老婆子有什么可拜访的? 我看是想拜访你!"

杜青青撒娇地道:"妈,人家说是拜访你嘛! 人家还说你是圣母庙的守护功臣,准备请你到景区做导游顾问呢!"

梁玉莲道:"真的吗?"

杜青青道:"真的!"

梁玉莲道:"他什么时候来?"

杜青青道:"今天中午!"

梁玉莲道:"那好啊,妈就给他做最好吃的阳春面!"

杜青青起身道:"谢谢妈! 我这就去请他来!"

梁玉莲喊住青青道:"等等! 妈知道你喜欢宋珂

楠,但不知他的家境怎么样啊?"

杜青青道:"他的家境挺好的,他的父亲叫宋大志,挺有名的!"

梁玉莲惊异地道:"他父亲叫什么?"

杜青青道:"宋大志!怎么了?你认识?"

梁玉莲道:"不认识。你去吧。"

梁玉莲站起来自语道:"宋大志!难道他还活着?"

50.镜头闪回到二十多年前

九龙山龙门村村头。宋大志与身怀有孕的梁玉莲在依依告别。

宋大志:"玉莲,我这次赴海南时间长,你一定要多保重,不仅要照顾好自己,还要照顾好久病在床的老母亲。待我到海南安顿之后,我一定回来把你和娘接到海南去!"

梁玉莲道:"你放心去吧!我会照顾好咱妈的!"

51.龙门村宋大志老家的窑洞内

宋大志的老母亲坐在床上,梁玉莲坐在床边给大志娘喂着药,墙上的有线广播匣子在响着。突然,广播匣子内传来了不幸的消息:我国一艘客轮行至南海途中,突遭台风袭击,船上大多乘客已经脱险,至今仍有三名乘客下落不明,他们的名字是:宋大志、王伟、刘强,我国搜救队正在进一步搜救中……

52.镜头闪回到梁玉莲的院子里
　　梁玉莲不禁自语道:"难道大志现在还活着?"

53.梁玉莲家的厨房里
　　梁玉莲正在案板上擀着面。
　　杜青青与宋珂楠说说笑笑地走了进来。
　　杜青青道:"妈,珂楠来了!阳春面还没擀好啊?"
　　梁玉莲道:"马上就好!你让珂楠先到客厅坐,阳春面马上就好!"
　　宋珂楠道:"谢谢伯母的盛情款待!"

54.梁玉莲家的客厅内
　　杜青青道:"珂楠,你坐!头一次来我家,你可别生分!"
　　宋珂楠道:"不会的。"
　　杜青青道:"我妈的阳春面,做得可好吃了!"
　　宋珂楠道:"我爸也会做阳春面!也可好吃了!"
　　此刻,梁玉莲端着两碗阳春面来到桌前道:"吃饭了!"
　　宋珂楠和杜青青赶忙接过碗道:"好香啊!"

杜青青望着珂楠道："比你爸做得好吧？"

宋珂楠尝了一口道："味道好极了！比我爸做得好多了！"

梁玉莲问道："你爸真的会做阳春面？"

宋珂楠道："真的！我一回家，爸就常给我做阳春面吃。"

梁玉莲陷入沉思，眼前闪出宋大志端着一碗阳春面递到梁玉莲面前的画面，宋大志的画外音：阳春面来了！

宋珂楠急问："伯母，你在想什么呢？"

梁玉莲道："哦，我在想，阳春面是我们九龙山的看家饭，你爸老家是哪里人呢？"

宋珂楠道："太平市人啊！"

梁玉莲心思忡忡地离去。

杜青青欣喜地道："珂楠啊，你感觉到了没有？我妈在查你户口呢！"

宋珂楠不解地道："什么意思？"

杜青青道："书呆子！我妈对你有意思了！开始考察你了！"

宋珂楠得意地道："但愿天下有情人，终成眷属啊！"

杜青青道："别得意忘形，还要继续接受考察！"

宋珂楠道："明白！"说着将桌上的碗一收欲往下

拿。"

梁玉莲走来道:"珂楠,我来收拾。"

宋珂楠道:"伯母,请你做导游顾问,你同意吗？"

梁玉莲道:"同意！"

宋珂楠道:"谢谢伯母的支持！"

梁玉莲道:"珂楠啊,你与青子都不小了,我看你们俩志同道合,挺般配的,我想请你父亲来这里见一面,把你们的婚事定下来……"

宋珂楠迫不及待地道:"太好了！我回去就打电话告诉我爸！"

55.宋珂楠办公室

宋珂楠在办公桌前打着电话,杜青青站在一旁静听着。

宋珂楠拿着电话道:"爸,我是珂楠！"

电话里传来了宋大志的斥责声音:"宋珂楠,你太胆大妄为了！竟然不辞而别！你为了一个小小的业务经理竟甘愿钻进大山里,你真是胸无大志、倒行逆施！"

宋珂楠拿着电话道:"爸,你听我说几句好不好？"

电话里又传来宋大志的斥责声音:"我不爱听你说！你的唯一选择就是,立即回来到朝阳市人事局就职！"

宋珂楠拿着电话道："爸，我不回去！我不爱当官！我爱九龙山，我爱我的旅游开发事业，我愿与九龙山人同呼吸共命运！"

电话里又传来宋大志的声音："你是要气死你爸啊！"说着挂了电话。

宋珂楠声嘶力竭地道："爸,爸,爸……"

杜青青无奈地道："珂楠,你还是回去看看吧。不要因为我而耽误了你的远大前程啊！"

宋珂楠坚定地道："我就是不回去！看他怎么办！"

56.太平市宋大志的客厅内

宋大志放下电话，气得像热锅上的蚂蚁一样在客厅内乱转着。

宋大志突然抓起桌上的电话道："周主任吗？立即给我派个车来,我要到九龙山去！"然后放下电话气极地道："我拉也要把你宋珂楠拉回来！"

57.九龙圣母庙内　日

梁玉莲正在打扫着庙内的卫生。

宋珂楠与杜青青走了进来。

梁玉莲问："你们俩来有事吗？"

青子道:"我们俩想给圣母敬炉香!"

梁玉莲边取香边问道:"八成又是为你们俩的婚事!"

宋珂楠点头道:"伯母,俺爸要来九龙山!"

梁玉莲道:"他来了好啊!我欢迎他来呢!"说着把点好的香递给珂楠道:"烧个香,许个愿吧!"

宋珂楠与杜青青将香插好,双双跪在圣母面前祈祷着。

两个人的画外音:大能大德的九龙圣母,请保佑我们如愿以偿。

58.梁玉莲家大门外

一辆黑色奥迪车在梁玉莲家大门外缓缓停下。

梁玉莲领着女儿杜青青和宋珂楠迎了上去。

车门打开,宋大志款款走下车,向儿子宋珂楠走来。

突然,宋大志与梁玉莲同时惊愕在原地不动了,两位老人在相互审视着,并同时喊出了对方的名字:"大志!玉莲!"

杜青青和宋珂楠惊呼道:"原来你们早认识啊!"

两位老人默不作声地走进院子,走进客厅,两位老人的神态是那么的凝重,那么的神秘,那么的令人琢磨不透……

两位老人坐在客厅相对无言。

59.梁玉莲的院子里

坐在院子里的杜青青和宋珂楠在焦急地等待着两个老人的谈话结果。杜青青不无担心地道:"从我妈的表情看,一看见你爸就惊喜,非常高兴,但不一会儿却又一直紧绷着脸,神态显得那么神秘,那么凝重,而且让人有些琢磨不透。我担心我妈会不会变卦啊!"

宋珂楠道:"我看你妈不会变卦!原来我怕咱俩的事最大的障碍是我爸。他这一次来实际是要把我押送回家的!可我爸一见你妈,他那一贯居高临下、目空一切的举止荡然无存,你妈那一声'大志',把他那市长的身份全喊跑了!甚至有些让你妈牵着鼻子走的感觉!你回忆一下,从进大门,我爸一直是在跟着你妈的屁股后面走啊!"

杜青青道:"是这么回事。但愿他们俩能一拍即合啊!"

60.梁玉莲的客厅内

梁玉莲抹了把泪道:"你既然还活着,为什么就那么狠心呢?眼睁睁地丢下我们母女不管不问?"

宋大志道:"我一回国就来找你,可你已经改嫁了啊!"

梁玉莲道:"你撒谎!怎么可能呢?"

宋大志道:"你还记得有一个戴墨镜的男人到九龙庙上香的事吧?"

梁玉莲惊疑地道:"那人就是你?"

宋大志道:"正是我!"

梁玉莲道:"你走后,我在香案下发现一个手巾包,里边放着八百元人民币,那是你放的?"

宋大志点头默认。

梁玉莲泣不成声地道:"大志,我的命好苦啊!"

宋大志掏出手巾递给梁玉莲道:"别伤心!苦日子不是早已熬到头了吗?青子也有出息了,而且与珂楠好上了,咱们应该高兴啊!"

梁玉莲抬身道:"大志,你怎么糊涂啦!他们是姐弟俩,不成!"

宋大志道:"玉莲,俺不糊涂!珂楠是我抱养的儿子!"

梁玉莲惊疑地道:"难道你没有再娶?"

宋大志从胸前掏出一个玉石做的九龙圣母像道:"玉莲,这佛像你还记得吗?"

梁玉莲道:"我怎么会忘记呢?那是你出国前我送给你的。"

宋大志感慨地道:"就是这个小小的九龙圣母像

给了我无穷无尽的力量,我当时在大海上漂流,一会儿感觉到我在海上游,一会儿又感到有九条龙在牵着我游啊!我高兴极啦!我相信,我一定会游到你身边的……谁知我游到你身边时,你却……"

梁玉莲痛楚地扑到宋大志的怀里:"大志!别说啦!咱们总该团圆了吧!"

宋大志道:"那儿女们的事咋办?"

梁玉莲道:"咱们一定办!"

宋大志道:"不,不是一定办!而是要尽快办!"

此刻,等在门外的杜青青和宋珂楠再也忍不住内心的激动了,他们冲进屋内,杜青青扑向宋大志呼喊着:"爸!我的亲爸爸啊!"而宋珂楠扑向梁玉莲深情地道:"妈!我太感谢你了!"

杜青青和宋珂楠道:"我们俩的事先不办!先办二老的事!"

梁玉莲深情地望着宋大志道:"她爸,你看?"

宋大志道:"咱们一块儿办!免得夜长梦多!"

两个年轻人拍手叫好。

61.九龙圣母庙前

正在举行着一场盛大的集体婚礼。

景区内彩旗招展,锣鼓喧天。

一双双新人踏着通往圣母庙的台阶,手挽手地走着。

　　走在最前面的一对是杜青青与宋珂楠，紧接着是孙清雅与赵志强、张朵朵与李木墩，最后才是宋大志与梁玉莲。

　　圣母庙内，李总早已守候在那里。

　　进来一对新人，先是向九龙圣母叩拜，然后向李总叩拜，接着夫妻对拜，最后由李总把九龙圣母像挂在每个人的胸前。

　　一对对新人走出九龙圣母庙来。

　　他们胸前的圣母像在闪闪发光，圣母像下那"天长地久"四个字格外显眼……

　　他们登上缆车，向远方滑去，笑语声回荡在山谷间……

作者 / 王生文

作者简介

王生文,笔名笑天,河南卢氏县人,卢氏县委党校副教授,中国作家世纪论坛优秀作家,中国现代作家协会会员,河南省影视家协会会员,江山文学顾问,卢氏县作协顾问。曾撰写了大量优秀论文,并多次荣获河南省党校系统优秀科研成果奖和"五个一工程"奖。他所创作的小说曾在《奔流》《百花园》《参花》《洛神》等国内许多刊物上发表。

出版有《情系玉皇山》和《月是故乡明》等影视作品集,其中《情系玉皇山》已由河南电视台拍摄播出,且获得了河南省"五个一工程"奖。电影剧本《传奇的红五星》荣获第七届"重影杯"提名奖。

【电影剧本】

爱在后来

Love comes later

亚　宁

淡入

1.山区　外　傍晚　空镜
　　落日浑圆,一片秋黄的景象。
　　一条公路,一辆车快速使过,黄叶在车尾追逐翻飞。
　　一枚黄叶从中独立出来,充满意志地飞翔。
　　公路延伸出一座静静的山城。

2.家里　内　黄昏　人物:龚芳
　　字幕与片名随画面显示。
　　画面一,一张家庭饭桌上,摆着两样菜。
　　厨房中,龚芳(四十岁左右)从一个锅里往出舀饭的背影。

龚芳端着一碗热粥走出厨房,放在饭桌上,看了片刻,转身。

画面二,饭桌上,两样菜边,添加了三碗饭,三双筷子。

龚芳坐在桌前,怔怔的,有几分恍惚。

一切宁静如一幅充满质感的油画。

画面三,纱窗上,那枚黄叶飞蛾一样撞了一下,缓缓滑落在窗台外沿上。

龚芳站起来,推开窗纱,拾起黄叶。

窗外,一棵大树的树梢在晃动。

龚芳的手与黄叶微动的特写。

画面四,龚芳坐回桌前,凝视放在碗边的黄叶。

秦曲江画外音:老婆,吃饭,要不凉了。

两滴眼泪从龚芳的眼里涌出。

秦曲江画外音:别忘了,连续剧要开了。

龚芳含泪端起了饭碗。

推出片名:《爱在后来》《天堂微博》《夫妻》《无时不在》《生活在继续》《爱由心生》。

3.家里　内　夜　人物:龚芳、秦曲江、秦奋

热闹的电视剧正在播放。

龚芳斜躺在沙发上看,目光朦胧迷离。

秦曲江(四十岁左右)端着洗脚盆放在了沙发前。

秦曲江:老婆,洗脚。儿子(大声喊)快出来,也把脚烫一烫。

秦奋(OS):知道了。

龚芳:真讨厌,正看得好呢。就不能一会儿再洗啊。

秦曲江:(憨)洗了舒服,再说,你看时间,也不早了。

龚芳:(撒娇)那你给我洗,要不我就不洗。

秦曲江:(装着恼,转瞬)好、好,姑奶奶。

龚芳:(嗔)瞧你那傻样。

秦曲江:(回头瞅了一下,压声)等一会儿,睡下就不傻了。

龚芳:(努嘴,咬牙)哼,美得你!

秦曲江蹲下了身子。

龚芳把脚伸了过来,表情坏坏而幸福地看着丈夫。

4.卧室　内　夜　人物:龚芳、秦曲江

秦曲江仰面而躺,龚芳侧身偎依。

龚芳:(手指在丈夫的胸前来回轻抚)上次跟你说的事,考虑得怎么样了?

秦曲江:什么事?

龚芳:看,看,又忘了。

秦曲江:(把妻子一拥)噢,那事呀。你真想要?

龚芳:当然了。

秦曲江:(语音含混)咱们现在这个年纪,我怕你受罪呢。

龚芳:可是……

秦曲江用一个吻堵住了龚芳的话。

5.卧室　内　夜　人物:龚芳

昏暗的台灯光前,那枚黄叶静静地躺着。

电脑前,龚芳上网的背影。

龚芳画外音:老公,咱们的儿子现在变得坚强了,那个毛病再没有出现。身体也好多了,昨天还跟我通电话,说学校军训可严了。我真怕他吃不消,人家倒好,说不怕。

秦曲江画外音:真的?那太好了!我终于能放心了。其实,咱们过去有点太溺爱他了。

突然响起的手机铃声,显得特别刺耳。

龚芳:(一惊,自言自语)老公,怕是儿子又来电话了。我去接,你等我。

龚芳接起手机,脸上保留着聊天时幸福的表情。

电话中:妈。

龚芳:你这个讨厌的孩子,我正跟你爸聊天呢,让你给打断了。

电话中没了声音,龚芳脸上的表情一点点地僵住了。

6.街头　外　日　人物:龚芳、郑爽

画面一,一辆公交顺着街道开来,停在站牌边。

龚芳提着一个黑布袋从车上下来,顺街走过去。

画面二,一辆黑色的轿车在街边发动,缓缓跟随。

龚芳拐进了街边一处居民小区。

黑色轿车停在小区门口街对面,郑爽(四十岁左右)从车上匆忙下来,在行驶的车辆中危险地躲闪穿越。

7.小区　外　日　空镜

一排老式六层楼房。

一栋六层楼前,一棵高大粗壮的树杆。

一只猫顺着树干爬了上去,翻入一个窗口。

风起,落叶萧萧而下。

8.龚芳家里　内　日　人物:龚芳、秦曲江、秦奋、郑爽

画面一,屋门钥匙孔转动,推开。

龚芳从外边进来,疲累地站在门口,神情显得陌生而犹疑。

屋子内一片冷清寂静。

画面二,重复,屋门钥匙转动。

与前面不同,屋内电视开着,正在播放一则新闻。

秦曲江穿着围裙快步跑出,打开了屋门。

龚芳:(意外)你怎么在家啊,不是今天加班吗?

秦曲江:(接过妻子手里的包)改成明天了。(回头)儿子,出来吃饭了,你妈回来了。

秦奋,一个瘦瘦的中学生从一间屋子出来。

秦奋:妈。

龚芳:好啊,你们爷俩合伙骗我。

画面三,一桌还算丰盛的午餐。

龚芳:(坐在桌前)又不是什么节日,还弄得这么多好吃的,浪费。

秦曲江:现在的生活,花天酒地咱们吃不起,自家做点好吃的,算啥浪费。你呀,观念得改一改了。(瞥一眼儿子)对不,儿子?

秦奋:(有点女孩子式的腼腆)就是。

秦曲江:瞧我,差点忘了。儿子,去,把那瓶葡萄酒拿出来。

龚芳:(噘嘴,恼)行了,行了,又装得放不下了。

秦曲江整理桌上的菜,微笑着摇了摇头。

秦奋:(急)妈,我爸说,今天是你们结婚十八周年纪念日。

龚芳:(意外,拍了一下脑袋)今天是七月二十八号。妈呀,真的!我咋给忘了。(温情)老公,谢谢你啊。(自语)十八年了,转眼都十八年了。

画面四,响起了恍如惊雷一样的敲门声,回声隆隆。

坐在沙发上的龚芳,激灵灵浑身一哆嗦。

敲门声瞬间变小,还显得有几分犹疑。

龚芳:(颤声)谁啊?

画面五,郑爽正襟坐在沙发上,面前放着一杯茶水,一盒打开的烟,一盘水果。

龚芳靠墙站在一边。

屋门半开半掩,旁边的衣帽勾上,挂着一把家门钥匙。

郑爽:(扫描屋内)我听单位的人说,你们的儿子今年考上大学了?

龚芳:(微笑)西安的一个二本学校。

郑爽:(点着头)可喜可贺呀!孩子能考出去,大人就省心了。我来是……

画面六,龚芳拉开窗子通风,透过铁护栏向下一望,发现郑爽正仰了头往上面看,忙撤身离开窗前。

茶几上放着一叠百元钱,烟灰缸中几根纸烟屁股。

龚芳开始收拾茶几,她把钱拿起又放下,显得有点心神不宁。

龚芳走进了电脑屋,里边一片刚翻找过什么的乱象。

画面七,屋门推开,秦曲江脸色有点阴沉地进来。

龚芳正在看电视,站起来盯着丈夫。

龚芳:这是咋了,脸色这么不好看?

秦曲江:(强装微笑)没事,今天有点累了。

龚芳:(接过丈夫脱下的外套)不对,你肯定有什么事。骗人你都不会。给我说说,让本大师给你分析分析。

秦曲江:(故作轻松)说啥呢,我能有啥事。一个小员工,能有啥事。还不是为单位里边的那点破事,跟郑经理今天争了两句。

龚芳:(手指在男人额头上一点)你呀,就是死认真。这个毛病改不了,迟早要吃亏。

秦曲江:(认真,有点急)这怎么是我的毛病,是他们胡来。

9.家里　内　夜　人物:龚芳

电脑前,摆着全家人的一张合影照。

龚芳有点痴迷地在上网。

龚芳画外音:老公,他把钱硬放下了,我怎么说都不顶用,怎么办啊?

秦曲江画外音:这个他倒是没说谎。他女儿前年考上大学时,我们几个人都随过礼。当时我怕你心疼,没说。只是,那一次我们每人都给了一千块钱。

龚芳画外音:原来这样啊。那我不认真了。现在两千还不及咱们那时候的一千多呢。对不?

秦曲江画外音:就你心态好。

龚芳眉头一皱,似怨还恼,又若有所思的表情特写。

10.家里　内　日　人物:龚芳、秦曲江

画面一,龚芳在一个本子上记着什么。

秦曲江一边吃一块红瓤西瓜,一边看电视。

龚芳:我咋算下来,都少了三百块钱。你好好想想,还有什么花头?

秦曲江:好老婆,你快不要算了。

龚芳:不算能行吗?你要是像人家男人一样,是个大款,我才不算呢。

特写,秦曲江僵住的木然表情。

龚芳:(推了一把男人)又装傻了,快给我想。想不出来,不让你看电视了啊。

秦曲江:(苦笑)好,好,我想。

龚芳:月月超支,日子过得累死人了。

秦曲江突然站了起来,从衣架上取衣服过来,翻着口袋,掏出一堆零乱的钱,摊在龚芳面前。

秦曲江:(负气)都在这呢,你数个吧。

龚芳:咋,不高兴了?

画面二,秦曲江仰躺在卧室床上,吸烟在思考。

龚芳拿着账本子进来,躺在一边。

龚芳:不算就不算,你以为我爱算账呀(把本子往床头柜一扔)?

秦曲江:(瞥一眼老婆)不是我说你呢,像你这种过日子,还把人累死呢。

龚芳:(执拗,又拿起了账本)累死你也得给我把账算回来。

秦曲江:好我的姑奶奶,算我丢了还不成吗?

龚芳:撒谎。老实交代,恕你无罪。

秦曲江:(无奈)那天,我们几个人AA制,喝酒了。

龚芳:(无语片刻)还有呢?

画面三,龚芳坐在电脑前,双眼泪流。

龚芳画外音:(回声)还有呢?

龚芳:(喃喃)老公,对不起。

画面四,饭桌上,一家三口,面对放在跟前的饭碗,谁也没端,气氛有点沉闷。

秦曲江:(主动讨好,笑)行了,这个月算我超支了,从下两个月烟钱里扣回来,可以了吧?

龚芳:你最好连饭也别吃了。

秦曲江:(厚脸皮)那咋行,饿死了我,你连债主都没了。

秦奋:妈,我觉得我爸真可怜。

龚芳:什么,他可怜?你老妈我不可怜啊?

秦奋:(开始吃饭)你比我爸还可怜。

龚芳:这孩子,这话说的。算了,吃饭吧。唉!这辈子找了你爸啊,算把我害苦了。

秦曲江嘿嘿地笑着,拿起了筷子,拨了一口米饭,一副厚脸皮的样子。

画面五,龚芳在电脑前继续打字。

龚芳画外音:(抹一把眼泪)你个鬼溜子,一千多块钱就送了人。我算得那么死,你还是有私房钱啊!

秦曲江画外音:(嘿嘿笑着)老婆,男人也难呀!

11.市场　内　日　人物:龚芳、秦曲江

画面一,龚芳:(站在一个菜摊前)这菜多少钱?

菜贩:四块。

龚芳:这么贵?

龚芳来到又一家菜摊前。

龚芳:这菜多少钱?

菜贩:五块。

龚芳:人家才卖四块,你就五块。

菜贩:一分价钱一分货,你看我这菜多新鲜。

龚芳转身回到了前一个菜摊。

画面二,菜场一角,一个条幅,政府爱心菜免费发放点。

条幅前,排着长长的队伍,大多数都是老年人。

龚芳提着刚买的菜,走过去,又返回,排在了队后。

秦曲江突然出现。

秦曲江:(拉龚芳)老婆,快不要参与了。等不上,咱们还是回家吧,好不容易一个假日。

龚芳:(不舍,离开)要是你爸妈能来就好了,他们有时间。

排队的人突然涌动起来。

龚芳被挤在一边,恍惚四顾,秦曲江没了踪影。

12.小区院中　外　日　人物:龚芳、小女孩母女、秦曲江

画面一,一个妇女坐在条椅上,前面,几个孩子在耍。

龚芳提着菜袋,看见几个孩子,走过去,脸上现出母性的慈爱之光。

龚芳目不转睛,手后摸着坐在了条椅的另一边。

画面二,妇女和几个孩子全部消失。

秦曲江从后面蒙住了龚芳的双眼。

龚芳浑身一僵,鼻子嗅了嗅,放松下来,嘴角带出笑意。

龚芳:知道就是你,还不放开,多大岁数了,也不怕人看见。

秦曲江松手,坐在了椅子另一边。

龚芳:看看这几个孩子。要不是你胆小,我怀的那个孩子不打掉的话,现在也该跟他们一样大了。

秦曲江:咱们不是有小奋嘛。

龚芳:就一个孩子,长大了,去上学,谁陪我啊!

秦曲江:还有我嘛。

龚芳:(凑近,咬着嘴唇,点头审视丈夫,慢声慢调,半疑问,半戏问)你能靠得住吗?

秦曲江:那怎么办?

龚芳:我还是想要个女儿。

秦曲江:(想了想)行,走,咱们现在回家就计划。

龚芳:(站起)德性。

画面三,另一边坐着的妇女和几个孩子一脸狐疑地看着龚芳。

龚芳茫然四顾,不见秦曲江的人影。

妇女和几个孩子随龚芳的四顾而四顾。

13.家里　内　日　人物:龚芳、秦曲江

龚芳把家门重重地推上,用背一靠,脸颊抽动,手里的蔬菜袋子掉到了地上。

秦曲江(OS):(敲门)老婆,开门。

龚芳:(放声)秦曲江,你再不要回来了。

秦曲江(OS):你开开门,我进去跟你解释。

龚芳:我不想听。

静悄悄片刻,龚芳突然急切地打开了家门。

龚芳:(颤声呼叫)曲江。

空空的走廊,回响着空易拉罐滚落的脆响。

14.家里　内　日　人物:龚芳、秦曲江

画面一,龚芳在床上静静地睡着,眼角处还有泪痕。

一滴泪珠在生成积聚,顺着脸颊滚落。

画面二,一声东西跌地的响声。

龚芳猛地睁开了眼睛,紧张地凝神听着。

秦曲江出现在门口,腰上系着围裙,手上沾着菜叶。

秦曲江:醒来了?

龚芳顿时委屈万分,抽泣起来。

秦曲江:(举着两只油手,摆出投降架势,关切)咋又哭了,还生我的气啊?

龚芳:(装出来的恶声)滚远。

秦曲江又露出了那副嘿嘿憨厚的笑脸。

秦曲江:看你说的,这是咱们的家,你让我往哪滚啊?

龚芳:(猛地回转身子,歇斯底里)你不是走了吗,不是走了吗,走了你还回来干啥!

秦曲江:好老婆,我就是一只风筝,线拴在你的小蛮腰上呢。

龚芳眉头紧锁,泪水盈盈,定定地凝视着丈夫。

秦曲江飞快地亲了一口妻子。

龚芳:(急,表情明显缓和)秦曲江,你无耻。

秦曲江:是,我无耻,我混蛋,我是家庭流氓。

画面三,家门被推开,秦奋背着书包进来,鼻子嗅着。

秦奋:妈,妈。我闻见烧煳味了。

秦曲江:(自卧室闪出)傻儿子,那赶紧关火啊!

画面四,一家三口坐在桌前吃饭。

秦曲江:(端着一杯酒)老婆,让你操心了。来,喝一杯我的赔礼酒吧。

龚芳:少来这一套。

秦奋:(看着父母)妈,得饶人处且饶人,我爸也不容易。

龚芳:小孩子家,懂个屁。

秦奋:我不是小孩子了,我懂。我爸是个孝子,你是吃我爷爷和奶奶的醋呢。

龚芳:你说啥呢!

秦曲江:(开心大笑,摸了一把儿子的头)我儿子长大喽(把杯酒一饮而尽)。

画面五,静悄悄的屋子,光线有点暗。

龚芳的身子动了动,手在床上搂了一下,抱住了一个枕头。

龚芳:(咕哝)你再也不要离开我。

特写,龚芳梦幻的眼睛由半眯而全睁,秦曲江的影像在眼里缥缈而逝。

15.山区　外　日　人物:秦曲江、龚芳、秦奋

秦曲江(画外音):这个世界上,父母对于我们来说,再小的事都是大事,何况,他们的年纪都大了。

画面一,城外开始时出现过的公路上,一辆长途车停了下来。

秦曲江一家三口,提着东西下车。

画面二,一座山脊上,秦曲江一家三人,野游一般欢快步行的身影。

一片山田里,两个受苦的农民夫妻,搭着眼罩在看。

画面三,一座半隐半现的小山村。

一坡羊群散漫山间,两头耕牛脖子上架着农具。

秦曲江和放羊的老汉握手说着什么。

画面四,一处山弯中的人家。

年迈的父母和几个看热闹的小孩子在院外的土峁上迎接。

趋近,秦奋抢先跑了上去,和爷爷奶奶拉手在一起。

由远而近,父亲和母亲沧桑的面容和孩子鲜嫩的脸庞对比特写。

近,秦曲江:(显得有点腼腆)爹,娘。

父母:(同声)回来啦。

画面五,玉米田里,秦曲江一家三口在帮父母秋收。

秦曲江:要是没有工作,我真想回来农村生活呢。

龚芳:辞了不就行了。

秦曲江:那你跟我回来不?

龚芳:你回来种地,我在城里供咱们小奋念书。

秦曲江:鬼。你能离开我?

龚芳:(得意)放心吧,地球肯定照样转。

秦曲江故意叹息了一声。

龚芳:(埋怨)跟你说过多次了,不要老叹气,那样不好。

秦曲江:心里憋屈,不由人啊!

16.家里　内　日　人物:龚芳

窗帘拉上,屋内光线有点幽暗。

龚芳头发蓬乱,神情慵懒地在电脑前上网,不时打着字。

龚芳画外音:你知道,那一回我为什么生气吗?

秦曲江画外音:老婆,对不起。那天我听说咱爸病了,一时心乱。

龚芳画外音:我是气你跟我耍态度,是气叫你叫不回来。别看你平时啥也不在乎,我真担心什么时候,你就会撇下我们娘俩不管了。

秦曲江画外音:你啊,一天到晚就爱胡思乱想。

响起手机铃声。

龚芳画外音:我接电话,你等我。

龚芳有点晕,跑到卧室,又跑到客厅,铃声不响了。

龚芳:(寻找,自语,用手打头)这个烂手机,放哪儿了?

铃声就在身边的一个地方重新响起。

龚芳:儿子。

秦奋(手机中):妈,我想你了。明天有顺路车,我回去呀!

龚芳:这才去了多长时间,就往回跑。学校让吗?

秦奋(手机中):都一个月了。妈,后天是中秋节。我们学校放假。

龚芳:哎哟,妈一天稀里糊涂的,忘了这个。那你回来,妈给你做好吃的。

秦奋(手机中):那我挂了。

龚芳站在客厅当中,先是手足无措,跟着跑到了电脑前,站着打字。

龚芳画外音:老公,儿子想家了,要回来了。

17.家里　内　日　人物:龚芳

龚芳从厨房端着一盘红烧猪蹄出来,往桌上一放,手在围裙上揩着,心满意足地看着自己做的几样菜。她开始摆放碗和筷子,一个,两个,三个。摆好了,又换了位置。

响起了敲门声。

龚芳:来了,来了。

龚芳开门,外面空空如也,楼道里响着易拉罐磕落的声音。怔了片刻,她回屋,换了一身衣服,匆匆出门下楼。

18.小区门口　外　日　人物:龚芳、秦奋、女同学

龚芳有点神色匆匆,来到小区门口,突然停住了

脚步。

　　马路上,一辆红色轿车停在路对面,秦奋提一个包从中下来。

　　秦奋和车里的什么人道别,左顾右盼,迅速穿越马路。

　　车窗摇开,一个女孩冲秦奋招手,说着什么。

　　龚芳脸上表情变得温暖,往前迎了两步又站住了。

19.家里　内　日　人物:龚芳、秦奋、女同学
　　画面一,龚芳和秦奋喜色地推门进来。
　　桌上,几样做好的饭菜。
　　秦奋:好香。
　　龚芳:(慈祥)饿了。
　　秦奋放下挎包,上手就要拿一块猪蹄。
　　龚芳:(溺爱的声音)傻儿子,手,手还没洗呢。
　　画面二,龚芳和儿子坐在桌前。
　　秦奋:(啃猪蹄)我最爱吃这个。
　　龚芳:(幸福地看着儿子吃)那你尽管吃,妈一次就买了五个呢。其实,你爸也爱吃这个。你们爷俩口味一样。
　　龚芳若无其事,给边上的一个空碗中夹了一个猪手。

秦奋看了看没作声。

画面三,饭菜吃到一定程度。

摆给秦曲江的那碗饭,猪蹄变成了米饭。

龚芳:(见儿子吃完)还吃吗?把你爸碗里的也吃了吧。

秦奋:(有点不自在)我在锅里自己舀吧。

龚芳:(把那碗里的饭倒给自己)你爸的饭,最后都让我吃了。

画面四,秦奋把饭碗一放。

秦奋:撑死我了。妈,我的馋这一顿全解了。

龚芳:傻儿子,大学四年呢。去了,想吃就吃。

秦奋:学校饭不好吃,还死贵。(站起)对了,明天我们同学要来家里。

龚芳嘴唇嚅动了一下没说出话。

画面五,秦奋和女同学在沙发上看电视,聊天。

龚芳:(端上一盘西瓜)两个人先吃点这个(瞟了一眼女孩)。听小奋说,你们家住在凤苑小区?

女同学:是的,阿姨。

龚芳:看看,你们住得这么近,以前却不认识。

秦奋:她们家前几年才从外地搬来。

龚芳:哦,原来是这样。

画面六,秦奋、女同学、龚芳坐在饭桌前。

看见摆开的四副碗筷,秦奋忙拿了中间的一副送到厨房。

　　龚芳:这孩子,那是……

　　秦奋:咱们三个人,多一副碗筷,占地方。

　　龚芳脸上的表情有点难看,显得心神不宁。

20.家里　内　夜　人物:龚芳、秦曲江

　　龚芳在电脑前打字上网。

　　龚芳画外音:老公,儿子今天给咱们领回女朋友了。

　　秦曲江画外音:是吗,有你漂亮吗?

　　龚芳画外音:没正经。

　　秦曲江画外音:(嘿嘿笑)这不是跟你开玩笑呢吗。

　　秦奋像一个影子悄悄地站在龚芳的身后。

　　龚芳:(猛地一惊)吓死我了。你不睡,咋起来了?

　　秦奋:妈,都半夜了,你咋想起上网了?

　　龚芳:妈睡不着。上网聊聊。

　　秦奋:你跟谁聊呢(探头要看)?

　　龚芳:算了,算了。妈也不上了,免得影响你睡觉。

　　秦奋:不要关,不要关。我看看(抢在椅子上,看)。这个叫芳心的,妈,是不是你啊?

　　龚芳:快不要看了,睡!

秦奋:那,这个叫秦俑的是谁?

龚芳:(迟疑了一下)那也是我。

秦奋:妈,你自己跟自己聊天啊?

龚芳:(有点急)不是,那是你爸。

秦奋回头狐疑地看着母亲。

21.医院大门口　外　日　人物:龚芳、秦奋

秦奋领着龚芳往医院走。

龚芳:(突然站住)我不想来这个地方。儿子,咱们不看了,妈的身体好着呢。跟你爸聊天,那是妈太想你爸了。妈以后不聊了,行了吧?

秦奋:妈,咱们只是让大夫检查一下。要不然,我去上学也不放心。

龚芳犹豫地被儿子拉着进了医院。

22.医务室　内　日　人物:龚芳、秦奋、女大夫

龚芳:大夫,是孩子非要拉我来。你说的其他方面,我自己倒没觉得什么。

大夫:这个是你儿子?

龚芳:是。

大夫:好娃娃。那你爱人呢?

龚芳:(略迟疑)他,他出远门了。

秦奋在一边欲言又止。

大夫：你是搞什么工作的？

龚芳：在西城车床厂。

大夫：工作累吗？

龚芳：不是太累。最近我休息着呢。

大夫：噢！（点头，冲秦奋）你妈这毛病嘛，是有点神经衰弱。只要多加锻炼，多跟人交往，再吃点药，就会没事的。

23.家里　内　日　人物：龚芳、秦奋

画面一，秦奋头枕在龚芳的腿上，娘俩在沙发上看电视。

秦奋：妈，我看见你也抽开烟了？

龚芳：偶尔抽一根。

秦奋：我给你说一件我爸抽烟的事。

龚芳：嗯。

秦奋：咱们家有一个蓝花花被罩子，记得不？

龚芳：知道，现在还在呢。

秦奋：那个已经不是原来的那个了。那一次，你去我姥姥家……

画面二，秦奋正在写字桌上学习，鼻子嗅了嗅。

秦奋：（自语）啥味啊？

秦奋在家里寻找，推开卧室门，发现老爸睡得正香，身上盖的蓝花花被子，被一个烟头给引得正冒烟呢。

秦奋:(跑上前)爸,爸,被子烧着了,你还睡啊!

秦曲江:(睡眼迷离)咋了?(看见被子上的烟)啊,坏了,坏了。儿子,赶紧去接水。

秦曲江提起被子,跑到了卫生间。

一盆水冲着冒烟的地方泼下去。

画面三,秦曲江和秦奋坐在沙发上,看着地上烧出一个洞的湿漉漉的被子。

秦曲江:儿子,咋办?你妈要是知道了,非把咱们的头骂肿了不可。

秦奋:爸,你真的怕我妈?

秦曲江:当然了。(笑)你妈是母老虎。

秦奋:那只好这样了。

画面四,秦奋在回忆,龚芳听得有几分神往。

秦奋:那天,我爸又买了一块一样的被罩回来。怕你发现是新的,还用水洗了一下。

龚芳:(怀疑)这是真的?

秦奋:当然啦。

龚芳:好啊,你们父子俩合伙骗我啊!

秦奋:(坐了起来)还有你不知道的事呢。

画面五,秦曲江在厨房中做饭。

秦奋:(站在门口)爸,我妈有时那么不讲理,你咋不跟她争啊?

秦曲江:傻儿子,你妈不是不讲理,那是她的个性。她心好,哄哄她,让她高兴点,又不吃亏。咱们要是跟她认真,那不是犯浑吗?家庭不是说理的地方。这一点啊,儿子,跟爸爸学吧。

画面六,龚芳眼里闪烁着盈盈的泪光。

秦奋:妈,妈,你生气了?

龚芳:不是。妈过去反感你爸抽烟,逼着他戒过好几次。现在,一想起你爸抽烟的样子,真好看。

画面七,秦曲江跷起二郎腿,吸着一根烟,侧头一笑的音容。

24.汽车站　外　日　人物:龚芳、秦奋、女同学

画面一,龚芳把一包东西坚持塞给了秦奋,转身匆匆下车。

画面二,班车驶动,龚芳站在一边招手,抹开了眼泪。

画面三,秦奋和女同学隔窗默默地看着。

女同学:你妈妈真好。

秦奋瞟了一眼女同学,隔窗怅然地招手。

25.街道　外　日　人物:龚芳

龚芳在人行道上踽踽独行,身体单薄,头发飘扬,显得特别的孤寂和凄凉。

龚芳在人流如织的市场里彷徨而行。

龚芳画外独白:(喃喃)都走了,都走了……

26.家里　内　日　人物:龚芳

画面一,龚芳:(对着电脑哭,嘶声)秦曲江,你给我出来。

龚芳在飞快地打字,打字。

龚芳:老公,孩子上学去了,我要去找你。你说话呀,你躲哪去了!

画面二,龚芳拿着几样药,怔怔地坐在沙发上一动不动。

响起了敲门声。

龚芳神经质地跑了过去,一把拉开了家门。

龚芳:老公,你回来了。

门外站着一个中年妇女,身后闪出一个男人。

中年妇女:擦玻璃,洗抽油烟机。

龚芳:不用,不用(紧张地关上了门)。

画面三,龚芳看着几样药,一把扔进了垃圾篓里。

画面四,龚芳坐在电脑前,打字。

屏幕上,满窗口的老公、老公、老公,密密麻麻。

龚芳:(喃喃)我再也不吃药了,我只要你回来。

秦俑的头像突然亮了。

画面五，龚芳带泪的笑容。

龚芳画外音：你死哪儿去了？

秦曲江画外音：对不起，老婆，工作上有点棘手的事。

画面六，秦曲江站在家门口，提着一个公文包，面色显得疲惫。

龚芳：(亦嗔亦怨)你去哪儿了！

龚芳走到丈夫面前，一把抱住，用拳擂着他的胸口，呜呜哭了。

秦曲江抚摸着妻子的头发，表情变得柔和起来。

画面七，秦曲江往沙发上一倒，长出了一口气。

龚芳：(端一杯水过来)看，看，又长出气了。这么点毛病，你改不了啊！

秦曲江：(感叹) 老了，现在熬点夜就觉得身子累。不行，我得先洗个澡。

画面八，卫生间门半掩，秦曲江在洗澡。

画面九，秦曲江洗澡的朦胧人影，转移到了电脑屏幕上。

龚芳脸上浮现一抹微笑痴痴在欣赏。

秦曲江画外音：儿子走了？

龚芳画外音：噢，你还记得儿子啊！

秦曲江画外音：还说我呢。你呀，有了儿子，老公就是外人了！

龚芳画外音:快不要胡说了。

画面十,卧床之上,龚芳和秦曲江半拥而躺。

秦曲江:我们单位和市里的几家企业捆绑在一起准备上市。各种报表搞得人头昏脑涨。关键是平衡表最难弄了。这是个好事,成上市公司了,我们的工资会涨起来的……

画面十一,电脑前,龚芳在打字。

龚芳画外音:对了,那天你们单位的那位郑经理,来家里还说,你从单位借过一些资料,可能忘了交回了。我在你留下的东西里翻找了一下,没有发现他说的东西。这是咋回事?

画面十二,电脑屏幕瞬间缩出一个亮点。停电了。

龚芳:(依恋地站起来)烂小区,动不动就停电。

画面十三,龚芳拉开了紧闭的窗帘,明亮的阳光瀑布一般涌进来,晃得她揉了一下眼睛。

龚芳:(自言自语)这些天,忙得把人家这事给忘了。(开始翻箱倒柜找,埋怨)单位的东西,你拿回家干啥呢,真是的!平常心眼实得要死呢,这倒好,你也没说过,这让我去哪儿找呢?

龚芳在阳台上翻出一个纸箱,从中取出一人小包,再从小包中抽出一叠报表类的东西。

龚芳:(自语)是不是这个(拿起了窗台上的手

机)?

画面十四,郑爽坐在沙发上,接过龚芳递上的东西,随便翻看了一下。

郑爽:这是些废报表,没用。

龚芳:我都翻遍了,再去哪找啊!

郑爽:你好好想一想,他走以前跟你说过什么。还有,会不会放在别处呢?比如他父母家里,或者是好朋友处……

龚芳:他才不会那样做呢。

27.家里　内　夜　人物:龚芳、秦曲江

画面一,龚芳在看电视,身子窝在沙发上,显得瘦小。身边,放着一张和老公的合影。

电视里正播放着江苏卫视的节目《非诚勿扰》。

画面二,秦曲江显现在放照片的位置,削好一个梨,递给龚芳。

龚芳:这么大一个,我吃不了。你分一半。

秦曲江:梨不能分着吃。吃了会分离。

龚芳:我不怕。

秦曲江:那你给我。

龚芳:我试你呢!傻瓜,咱们一人吃一口。我先喂你。

秦曲江:多大岁数了! 你不嫌我的口水了?

龚芳:去你的。(扫了一眼电视)哎哟,看看,都怨你。这一对不知道找成没有。

秦曲江:(两人一人一口吃梨)每天看这些找对象的节目,你不嫌麻烦啊。

龚芳:唉,当年咱们没条件。看看人家现在年轻人,这才叫爱情呢。

秦曲江:啥爱情?游戏一样,尽耍嘴皮子了。

龚芳:爱情不说出来,谁知道啊。(突发奇想)哎,咱们小奋将来能不能也上电视去找对象?

秦曲江:胡思乱想。你看吧,我上一会儿电脑。(起身)对了,给咱们当介绍人的柳思丽老师,前些天听说去世了。

龚芳:(吃惊)她才五十多岁,怎么会呢。

画面三,电脑前,龚芳在打字。

龚芳画外音:老公,你真自私,把我一个人留在家里,活得一点意思都没有。我想去找你。真的,真的,好想啊。

画面四,龚芳独自一人,穿着睡衣,披散头发,在屋里走来走去,如同梦游。她拿起秦曲江的照片,凝视着。

秦曲江画外音:你呀,是太闲了。应该找点事做。

龚芳画外音:没有你,我什么都不想做。

秦曲江画外音:明天,你跟着他们到七曲峡野游吧。

　　龚芳画外音:(迷惘)人家没说呀。

　　秦曲江画外音:你个猪脑子。

　　响起了手机的铃声。

28.山中　外　日　人物:龚芳、秦曲江等几家人

　　画面一,(现在)秋日山野中的景色。

　　一处风影优美的地方,一道山泉水边,七八个人坐在一块大石头上,有说有笑,有吃有喝。

　　张功德:这个地方,秋天比夏天美多了。

　　胡远:就是水有点凉了。

　　李继祖:(咂嘴)老李啊,你今年酿的这葡萄酒,味道比去年的好喝。

　　马元:你不说,是今年葡萄的品种好。

　　龚芳显得有几分落寞,坐在边上,凝视着一面的山峰和天上的流云。

　　画面二,(回忆)野外聚餐的景象有所变化。朋友中多出了秦曲江的身影。

　　秦曲江:来,为咱们几家人又一年的聚会,我提议,干杯!

　　张功德:(笑)曲江来诗情了。来,干!

　　众声:(朗声响应)干杯!

　　龚芳的声音夹于其中,听上去尤为爽朗。

画面三,(现在)马倩(一位同龄女人)挨近龚芳坐着。

马倩:(微笑,小声)龚芳,你想什么呢?

龚芳:(掩饰)你看那朵云彩,像不像一只大乌龟啊?

马倩仰望着,众人一起仰望。

张功德:别说,真的像只大乌龟。

胡远:(故意)那龟头最像。

众人一轰而笑,龚芳的表情有点僵。

马倩:狗嘴里吐不出象牙来。一朵白白的云,都让你们给糟蹋了。

笑声七零八落,不自然地打住了。

龚芳见状,强颜出一丝笑来。

马元:是啊,面对大自然,咱们还是来点斯文吧。

张功德:不要打断啊,我有了四句诗。(语气感伤)故人山野地,一岁一别离。秋风不是酒,日月何诡异。

胡远:咱们唱歌吧,像去年那样合唱。

画面四,(回忆)秦曲江夹于众人之中,激昂地唱着周华健的《朋友》(词省略)。

与歌声同步,人们分别在山野上各自寻趣。

胡远跟秦曲江在前边散步。

秦曲江:胡远,你跟小齐离婚,到底是啥原因啊?

胡远：啥原因？哥们老喽，功能不行了。

秦曲江：胡说八道。问你正经话呢。

胡远：真的。（小声）嫂子那么漂亮,你现在那东西还行吗？

秦曲江：江河日下了。

胡远：我可听老李说,你厉害着呢。

秦曲江：他知道个屁。

胡远：兄弟提醒你,要注意了。爱情没有了那份乐,狗屁都不是。

龚芳跟在两人的身后不远处。

画面五,（现在）众人喝多了酒,气氛开始热烈。

张功德：胡远,哥给你介绍个对象吧。

胡远：行啊,谁？

张功德：远在天边,近在眼前。

众人的目光闪烁着聚向了龚芳。

马倩：别说,他们两个人要是成了,咱们这朋友圈子的两个缺口就补圆了。龚芳,怎么样？

龚芳：（脸一红）不要胡说。你们就不怕曲江骂啊！

张功德：（愣了一下）他？噢,他要是敢回来,看我不踢他一脚。

几个人却因此陷入了沉默。

画面六,（回忆）落日西向,山影欲来。

众人一个个开始收拾行头,准备返回。

秦曲江:今天是9月25日。明年的今天,咱们说好了,一起再来。

张功德、胡远:(齐声)好。到时谁不来,谁是小娃娃的鸡鸡。

马倩:说的啥话啊,难听死了。

众人大笑。

29.家里　内　日　人物:龚芳、秦曲江

画面一,电脑前,龚芳在打字。

龚芳画外音:你满意了吧,让他们看我的笑话。

秦曲江画外音:胡远那小子,癞蛤蟆一个。

龚芳画外音:你不反对啊!你个死人,你,(沉闷)你说话呀!

秦曲江画外音:我累了(一声长长的叹息)。

画面二,卧室床上,秦曲江仰躺着。

龚芳:(掐了一下)你说话呀!

秦曲江:我能说啥呢。

龚芳:真不要脸。我在后面全听见了。你们男人在一块,还探讨那些流氓问题啊!

秦曲江:(嘿笑)那能算流氓问题?

龚芳:(态度一变)张功德说你厉害着呢,是啥意思?

秦曲江:那是骂我呢。

龚芳:(骑在了秦曲江的身上)我听啊,是话里有话。

秦曲江:姑奶奶,你饶了我吧。

两个人亲昵在了一起。

画面三,响起了一阵手机铃声。

龚芳独自躺在床上,受到打扰后不悦的表情。

龚芳:(接床头手机)喂。

龚香电话中:二姐,你干啥呢?

龚芳:(脸上溢出一丝笑意)做梦呢。

龚香电话中:(笑声如铃)姐真逗,大白天做啥梦?妈说了,让你回去一趟。

画面四,龚芳换了一身衣装,在茶几上放了一杯清茶,把秦曲江的照片摆在沙发上,遥控放在照片边。然后欣赏着,脸上溢出一种迷幻的微笑。

龚芳独白:老公,回来后不要想我,你先自己看电视吧。

出门的时候,龚芳把一双男拖鞋摆顺在门口。

空无一人的室内,一幅宁静的画面。

30.母亲家　内　日　人物:龚芳、母亲

画面一,母亲(六十岁左右,戴一副老花镜)正在往起缝一床被子。

母亲：你把那头给我揪一揪。（穿针引线，埋怨）一个人，这么些天，也不回来一趟。（见龚芳不作声）你妹说你半后晌还做梦呢。

龚芳：妈，我开玩笑呢，她倒多嘴给你了。

母亲：算了吧，小奋都跟我说了。妈给你说，一个人老闷在家里不好，要学会忘记，要跟外面的人联系。

龚芳：前两天，我还和曲江他们一帮朋友，进山玩了一天。

母亲：那就好。你为啥还不上班？

龚芳：假期还没到呢。

母亲狐疑的目光，从镜片上面盯着女儿。

画面二，龚芳在向母亲哭诉。

龚芳：不是我不刚强，是过去太依赖他了。现在除了想他，别的我啥心思都没有。

母亲：人活一辈子，啥事不遇。遇上了，往开看，慢慢就没事了。

龚芳：你们都看得简单，谁知道这对我是多大的打击吗！

母亲：妈知道。

龚芳：要不是为了小奋，妈，我真有点坚持不下去了。

母亲：（生气）年纪轻轻的，看你说的啥话。没骨气。（忧虑地看着女儿）你不上班，就留在家里陪我几天吧。

　　龚芳有点为难,欲言又止。

　　画面三,龚芳和妹妹在厨房里共同做饭。

　　画面四,龚芳在洗衣服,西向的阳台上晾满了东西,夕阳在城市上空坠落。

31.街头　外　日　雨　人物:龚芳、秦曲江

　　画面一,乱风,阴云,街上下起了小雨。

　　龚芳从一处街角拐了出来,冒雨而行。

　　特写,龚芳忧郁的脸上眼泪和雨水不分。

　　龚芳画外音:秦曲江,你是个自私鬼。你走了,让我在这个世界上成了所有人眼里的一个可怜虫。好像谁都有权力来同情我,指责我,要求我,耍笑我。

　　画面二,秦曲江从后面出现,为龚芳打开了一把伞。

　　龚芳画外音:这都不是真实的。有本事,你给我回来。你要是不回来,我不要这样活了。我要去找你,找你。

　　秦曲江把伞举在龚芳的头上,自己淋着雨,一脸的宽厚,双眼充满了温情。

32.钢厂大门口　外　雨　人物:秦曲江、龚芳

　　龚芳头上顶着一个工作服,和许多工人走出大门。

秦曲江等在门口,迎上去把伞递给了龚芳。
秦曲江和龚芳推让中说着什么。
秦曲江发动了摩托车,龚芳擎着伞坐在后面。
摩托车行驶在风雨的街头。

33.家里　内　日　雨　人物:龚芳,秦曲江、警察一、二
画面一,龚芳和秦曲江斜拿着一把伞,从楼道上到自家屋门前。
看着秦曲江开门,龚芳撩了一下丈夫湿了的外衣。
龚芳:看看,一点也不注意自己,回去赶紧换下。
屋门向里缓慢地推开。
画面二,龚芳站在家门口,目光所到之处,显出一片遭贼光顾后的零乱。
龚芳:啊,这是咋了,你看看,老公,这是咋了?
龚芳慌乱地嚷着,回头寻找,秦曲江没了踪影。
龚芳:贼(紧张地捂住了自己的嘴)!
画面三,龚芳坐在沙发上,抱着秦曲江的照片在哭泣。
龚芳:(委屈,埋怨)你个自私鬼,为什么不回来看看。家都让人偷了,你去哪儿了?
几个房间被翻腾过的零乱景象。尤以电脑屋最厉害。

画面四,警察甲在拍照,警察乙在阳台上透过防护网往上看。

警察甲:看来,是用钥匙开门进来的。

警察乙:检查过没?丢了什么值钱东西?

龚芳:别的没发现,就是放在抽屉里的500块钱没了。

警察甲:(坐下来,铺开两张表格纸)想一想,最近有没有可疑的人或现象?

龚芳表情沉郁地摇了摇头。

画面五,警察一、二出了屋门,下楼梯准备离开。

龚芳:(突然想起)对了,好像最近老有人来敲门。

警察丙:(警觉,止步)是什么人?

龚芳:(犹豫了一下)没看见。

警察甲和乙相视以目。

警察甲:我们建议,你把门锁换一下吧。

画面六,龚芳一边流泪,一边收拾家里的乱摊子。

进到卧室,龚芳从地上拿起枕头,往床上一抛,跟着重重地倒在床上。

画面七,秦曲江站着往下脱湿衣服。

龚芳:(从卧室出来,拿着衣服)给你,全换了。(看见地上的水)你身上滴下的吧?

秦曲江:这摊是,那摊……

龚芳和秦曲江的目光上移,屋顶上几处漏痕还在往下滴水珠。

龚芳:烂房子,这么点雨就开始漏了。

秦曲江:看来,不收拾不行了。

龚芳取了两个脸盆,往漏处一支。

秦曲江响亮地打了一个喷嚏。

龚芳:看,着凉了哇。

秦曲江:没事。

龚芳:你跟物业和楼下几家商量得怎么样了?

秦曲江:都不愿意出钱。

龚芳:人心咋全成这样了。咱们住在最上面,给他们防雨挡晒,好像都是应该的一样。这都怨你,当初就为了图便宜,弄成现在这样,烦心死了。

秦曲江:(拿起拖布擦地)老婆,不气了,我过两天找人收拾。

龚芳:那又得花一笔钱。

秦曲江长长地叹了一口气。

画面八,龚芳歪着身子在电脑前打字。

龚芳画外音:秦曲江,我恨你。

整个互联网络,到处在爆出闪电和火花。

34.卧室　内　晨　人物:龚芳、秦曲江

一阵闹钟响过。

龚芳睁开了眼睛,充满怀疑。看到一个男人的后脑壳,她轻松下来,自后面一把抱了过去。

龚芳:咦,老公,你身上咋这么烧啊?

翻过身来的秦曲江面色潮红,呼吸有点促。

龚芳:(下床)看,感冒了哇。

秦曲江:(睁开眼睛,惺忪苦笑)没事。(捂了一下胸口)就是这儿有点儿疼。

龚芳:(怀疑)那就起来吧。吃了早点,一会儿把药吃上。

秦曲江进了卫生间,传出一阵连声的咳嗽。

龚芳在整理床,皱了一下眉头。

35.家里　内　夜　人物:龚芳、龚香

画面一,龚芳在电脑前打字。

响起了敲门声。

龚芳猛地一惊,浑身打了个冷战。

画面二,龚芳从门镜向外望,紧张的神情放松开来,一把拉开了屋门。

门口站着妹妹龚香。

画面三,龚芳和龚香在沙发上看电视,吃着瓜子。

龚香:姐,你为啥不回去跟妈住呢?

龚芳:还说呢,就是跟妈住了两天,家里就让人给偷了。

龚香:我可只能陪你两天啊!

龚芳:自私鬼(站起来走开)。

画面四,龚芳把秦曲江的照片放在了沙发的一侧。

龚香:你这是干啥呢?

龚芳:这个电视剧挺好看的,你姐夫肯定也爱看。

龚香:(左右看了看)姐,你神经兮兮的,弄得我有点害怕。

龚芳:怕啥,你姐夫又不是外人。

画面五,龚芳和龚香睡在一张床上。

龚芳:姐现在觉得活着啥意思都没了。

龚香:(忧虑)这样下去,姐,你会把自己也弄出毛病的。人要往前看。

龚芳:(自言自语)往前看,往后看。睡吧(摁灭了台灯)。

画面六,黑暗中,姐妹俩翻来覆去。

龚香:姐,你相信世上有真正的爱情吗?

龚芳:爱是有呢,情一般人不懂。

龚香:那你对我姐夫这样念念不忘算什么呢?

龚芳:我欠了他了。

画面七,(回忆)秦曲江脸色惨白地推门进来。

龚芳:你咋回来这么晚?

秦曲江:单位加班。

秦曲江放下公文包,跑进卫生间,传来咳嗽声。

龚芳:这次感冒都十来天了,咋过不去呢?

画面八,(回忆)饭桌前,一家三口吃饭。

秦曲江吃了几口,咳嗽,差点喷了,用手一捂嘴,又进了卫生间。

龚芳和秦奋看着秦曲江的背影。

龚芳画外音:那时候我真傻,只当是他得了感冒。要不然他不会这么早走的。

画面九,卫生间内,秦曲江咳出了嘴里的饭,用纸巾一擦,发现了一丝血迹。他回头看了看,关上了门。

36.医院　内　日　人物:秦曲江、龚芳、大夫甲

画面一,秦曲江站在医疗仪器前在拍片,时不时地咳嗽。

画面二,秦曲江躺在病床上输液,胸口在起伏。

画面三,大夫甲拿着胸片,换着方向审视。

龚芳站在边上,显得忐忑不安。

大夫甲:发现得晚了,是中晚期肺癌。

龚芳神经质地左顾右盼,发现没有别人。

龚芳:(声音发直)大夫,你说的是谁?

37.家里　内　夜　人物:龚芳、龚香

画面一,大灯开启,龚芳仰躺着,龚香一只手臂支着头在听。

画面二,(回忆)龚芳面容憔悴,呆呆地坐在沙发上,像一个雕塑。

手机铃声不停地响着,响着。

龚芳画外音:大夫的话让我懵了几天,脑子怎么也反应不过来,好像人的意识僵了一样。

画面三,(回忆)屋门推开,秦曲江病态地先进了屋,后面跟着龚芳和秦奋,各提着一包东西。

龚芳画外音:你姐夫在医院住了一个星期,就不住了,非要出院。

画面四,(回忆)秦曲江坐在沙发上,活动双臂。

龚芳强忍悲伤,端着一杯水,拿了一片药递给秦曲江。

秦曲江冲着龚芳做了一个孩子一样的表情,自己先笑了。

龚芳画外音:我不敢告诉他真实情况,只说是感染性肺炎。他从没有怀疑过,就知道傻笑。

画面五,(回忆)秦曲江挎上工作包,准备出门。

龚芳眼泪汪汪地看着。

秦曲江憨憨地笑了笑,上前抱住了妻子。

龚芳画外音:第三天,他就非要上班,怎么都劝不住,我又不能说破。

画面六,龚芳和龚香还在说话。

龚芳:(眼中带泪)当时要是告诉了他实情,也许就对了。

龚香:姐,你不能自责。

画面七,隐约响起了钥匙开门声。

龚芳:(突然屏息)你姐夫回来了。

龚香:(吃惊)谁?

龚芳:(自语)我今天刚换了锁头,他的钥匙肯定开不开。

龚芳猛地撩起被子,光脚跑了出去。

龚香诧异的眼神。

画面八,龚芳站在家门前,紧张地盯着屋门。

龚香出现在龚芳的身边,瞟一眼门,瞟一眼龚芳。

门静悄悄的,没有动静。

龚香:(压声)姐,是不是你听错了?

龚芳定定地盯着屋门,有点病态。

静中,突然响起了重重的、有点夸张的、不规则的敲门声。

龚芳和龚香应声同时一激灵。

龚芳:(喃喃)是你姐夫回来了(上手就要开门)。

龚香:(小声,急)姐,不能开(拉住了龚芳)。

敲门声不停,变成了手拍的浊音。

龚芳和龚香不知如何是好。

敲门声突然停住。

片刻,龚香大着胆凑近了门眼,只看到有片衣服在动。

龚香:(小声)姐,看不清楚。我闻到一股酒味。怕是个醉鬼。

龚芳:(小声)你姐夫有一回喝醉了,也是这样。

画面九,(回忆)龚芳一把拉开了屋门。

秦曲江自门外跌了进来,被龚芳一把抱住,才没有倒下去。

龚芳:不知死活,能喝成这样。

秦曲江:(醉言)老婆,老婆,我没醉,回来爱你来了。

秦奋从电脑屋出来。

龚芳:(哭笑不得)儿子,来,跟我把你爸扶到卧室里。

秦奋:(笑)妈,我爸喝醉了真逗。

秦曲江:(醉言)老婆,老婆,老(要吐)……

画面十,拍门声又响了起来。

龚香:姐,咱们报110吧?

龚芳:(回忆的眼神一变,突然放声)秦曲江。

拍门声顿停,片刻,有脚步声下楼梯离开。

龚香从门眼里向外望,楼道灯亮着,空空如也。

隐约有屋门开合的响声。

画面十一,晨,龚芳和龚香分睡在沙发的一角。

龚芳睁开了怀疑的眼睛,猛地坐立起来,扫视着屋内。

门口,挡着椅子和鞋柜。

龚芳的目光停在了龚香熟睡的脸上。

画面十二,晨,龚香在卫生间漱口。

龚香:(口齿不清)姐,今天晚上我可不过来了,你还是到妈那住两天吧。

龚芳:不用了。我不怕。

龚香:(不以为然,满嘴牙膏沫)算了吧,自己都快成病人了,还嘴硬。让我看呀,你把这房子快卖了算了,省得看见啥都胡思乱想。

龚芳往开搬挡门的东西,没有理会。

画面十三,龚香拉开了屋门,探头探脑看了一下,心存余悸出门下楼。

龚香:(回头)姐,晚上我领豆豆过来。

38.小区院中　外　傍晚　人物:龚芳、龚香、小豆豆、秦曲江

画面一,龚芳和龚香领着小豆豆(五岁小女孩)在散步。

龚香:情人眼里出西施。在我眼里,姐夫其实配不上二姐你。他也就是个实在人。当初咱们全家反对,就你自己非嫁不可。要不然,也不用现在这么受伤害。

龚芳:(恼)不要说他坏话,他是个好人。他对我好(拉住小豆豆)。走,豆豆,咱们不跟你妈说了,二姨领你去那边的滑梯上去玩。

龚香撇了撇嘴,面露不屑。

豆豆:(跟龚芳走,童声)二姨,你们大人也玩过家家吗?

龚芳:当然玩了。

豆豆:今天,我在幼儿园里,和小伟玩过家家。他对我真好。

龚芳:那多好啊(目光望远,若有所思)!

落日在楼间嵌入式下沉。

画面二,(回忆)秦曲江和龚芳并肩在散步。

秦曲江:(一本正经)老婆,这一辈子我活得真窝囊,有点对不起你。

龚芳:(挽住丈夫的臂膀,半嗔半谑)忏悔啊! 你对不起我的地方多了。

秦曲江:(叹息)我是真心话。

龚芳:(瞥)傻样。窝囊啥,人们不都是这样活嘛!

秦曲江:反正我是够失败的了,现在又摊上了这

毛病。唉！（长叹一声）

　　龚芳：只要你对我好，我还图啥呢。

　　龚芳和秦曲江挽着胳膊，一起看夕阳。

　　画面三，滑梯边，豆豆和几个孩子一起高兴地尖叫下滑。

　　龚芳和龚香站在边上，显得有点死板。

39.家里　内　夜　人物：龚芳、龚香、小豆豆、秦曲江

　　画面一，敲门声，秦曲江围着围裙从厨房出来，手里拿着菜刀，顺手给开了屋门。

　　龚芳：（自然入，看见菜刀，表情一恼）你看你像个啥，这是我，要是外人，你拿个刀开门，还不把人吓死了。

　　秦曲江：（看刀，憨笑）我正做饭呢。

　　龚芳在卫生间洗手，秦曲江跟了进来，两只手背在身后。

　　秦曲江：（一本正经）老婆，我今天做了件错事。

　　龚芳：又咋了？

　　秦曲江：你把眼闭上。

　　龚芳：（无奈）哎哟，我都麻烦死了，你还有这心情。

　　秦曲江脸上的表情有点失落。

　　龚芳：（见秦曲江后背的手）是不是又乱花钱了？

　　秦曲江腼腆地把藏着的一件女式衣服拿到了龚

芳前面。

画面二,龚芳在镜子前试衣。

龚芳:你买这干啥嘛,贵巴巴的,再说,季节都快过去了。

秦曲江:上一回逛商场,我看见你喜欢这个。

龚芳:都几个月前的事了。

秦曲江:(欣赏)我老婆的身材,什么衣裳穿上都好看。(自哀)可惜找了我这么个没出息的人。

龚芳先还美滋滋的,想到了什么,表情僵住了。

画面三,龚芳坐在沙发上,手里摊着新衣服。

龚芳:这个时候,钱紧得像啥一样。你买这个,我哪有心情穿呀!

秦曲江站在龚芳面前,像个犯错的小学生一样。

秦曲江:(结巴)后天,我,我,我不是要做手术嘛。也不知道会咋样,这些年,你跟着我,委屈你了。这个,这个……

龚芳的眼睛顿时涌满了泪水。

画面四,卧室床上,龚芳眼含泪水和龚香隔着熟睡的小豆豆在说话。

龚芳:你姐夫是个没啥本事的人,可他是个细心人。他在的时候,我啥事都不愁。家里的活我不想做的他都包揽了。我们结婚近二十年了,他没动过我一指头。虽说红过两次脸,都是我不对,最后还都是他认的错。

龚香怔怔地看着姐姐。

40.医院　内　日　人物:龚芳、秦曲江、秦奋、家人、几名护士

画面一,秦曲江躺在手术床上,拉住龚芳的手。

秦曲江:(两手相揉)老婆,你不要怕。我问过大夫,说是小手术。(微笑)让爸妈回去吧,小奋也让赶紧去上课,高二阶段很重要。就留你等着我就行了。不会有事的。再说,(示意。龚芳贴耳)我还没爱够呢(苦涩微笑)。

龚芳握着秦曲江的手,一直跟到手术门口,不舍地放开来。

画面二,龚芳在楼道内焦灼不安,走来走去。

家人们东站西蹲,个个面目阴沉,谁也不说话。

画面三,手术室的灯一转换。

手术床被推了出来,麻醉状态下的秦曲江像一具尸体。

龚芳踉跄上前,眼里惊恐四射。

画面四,病房内,秦曲江微微睁开了眼睛,冲着晃动的龚芳露了一丝惨然微笑。

秦曲江:(微弱)老婆。

41.家里　内　日　人物:龚芳、秦曲江

画面一,秦曲江虚弱地坐在沙发上看电视。

秦奋走过来,坐在秦曲江身边。

画面二,龚芳在卫生间对着镜子,洗去眼上的泪痕,把头发弄了弄走出来。

秦曲江表情有点木,看着走近的龚芳。

龚芳:我今天去见崔大夫了,他说,你这次手术很成功,只要好好治疗,慢慢会好起来的。

秦曲江:(微笑)我知道。

龚芳:(坐到一边)大夫说了,以后要一个月复检一次。

秦曲江:我听你的。

龚芳:这还差不多。今天的药吃了没?

一边的秦奋看着父母笑了。

龚芳:你笑啥呢?

秦奋:妈,你像个老师。我爸就像个小学生一样。

龚芳:你爸就是比你听话。

手机铃声,全家人为之先一静,后跟着一乱,寻找。

龚芳:是你的。

秦曲江:(从一个包里拿出手机)郑经理,嗯,是,还可以。后天!

龚芳耸耳听着,一急站了起来,贴近秦曲江,连连使眼色摆手。

秦曲江:(身子转了过去)行吧。我过去。

龚芳生气了,一屁股坐在了沙发上。

画面三,秦曲江在解释,龚芳在生气。

龚芳:人家见了工作都躲呢,你倒好,才出院几天,就想上班。

秦曲江:干了快二十年,工作都成习惯了,不上班好像觉得让人给剥夺了啥一样。再说,有一笔账务,我给人家处理了个半趟。

龚芳:(站起来,徘徊,生气)你们单位又不是死得没人了,非要让一个病人去上班!你们那个郑经理,真没人性。

画面四,电脑前,龚芳在打字。

秦曲江画外音:老婆,说实话,我喜欢干财会工作,那些数字像流水一样让人沉静。对了,过两天,你假期到了,是不是也该上班了?

龚芳画外音:上班? 哦。

画面五,龚芳在电脑前来回走动。

龚芳画外音:(自语喃喃)上班,上班……

42.车间　内　日　人物:龚芳、吕广、几名员工

吕广(中年男人,小领导)走过来,站在后面,看着龚芳干活的背影,表情有点色。他突然伸手欲摸龚

芳的腰,手到了身边,发现有人过来,方向一变,拍在了龚芳的肩膀上。

龚芳:(浑身一哆嗦,回头生气)你干啥?

吕广:(无所谓)干啥,找你能干啥,到我办公室一趟,有件好事跟你说。

43.办公室　内　日　人物:龚芳、吕广

画面一,吕广倒骑在一把椅子上,一只手摸着下巴,面对门口在等。

龚芳推门进来,极不情愿的样子。

龚芳:有啥事?

吕广懒懒地从椅子上站起来,绕着龚芳转了半圈,脸带色相,吭了一声,后变得一本正经。

吕广:单位要调资了。

龚芳:(眼一亮)真的?能调多少?

吕广:是部分人调。咱们车间我这个主任说了算。你想不想调?

龚芳:(嘴一抿)当然了。

吕广把半掩的门往外一推,不正经起来。

吕广:那怎么谢我?

龚芳:先卸(谢)胳膊后卸(谢)腿。

吕广:好,好。有腿就行。那,现在先亲一口?

龚芳:流氓。爱调不调(转身拉门出去)。

吕广重新骑到椅子上,一脸的痞子样,点烟抽了一口,露出一丝淫笑。

画面二,吕广在办公桌后看一份文件。

龚芳换了一身行头,神情疲惫,衣服不整推门进来。

吕广慢慢地抬起了头。

龚芳往桌前的椅子上一个跌坐,显得无助而悲戚。

吕广:咋,为了几个小钱,也用不着这么表现自己吧?

龚芳有点反应不过来的茫然。

吕广:我就喜欢你这种样子,像只小羔羊。

龚芳:(突然)主任,我要请假。

吕广:请假?那我每天来上班,欣赏谁去啊?不行。

龚芳眼泪簌簌地哭了起来。

吕广:(认真起来)有啥事啊?你说呀,我的亲亲。我宁肯让你骂我也不让你哭。你一流泪,我腿就软了。

画面三,龚芳在抹眼泪写假条。

吕广在地上徘徊,右手拿一只未燃的纸烟,在左掌中轻巧地敲着。

吕广:(停住,斜眼看龚芳)什么要命的病啊?

龚芳瞟了吕广一眼,扔下假条就走。

吕广:(双关的语气)好,好。

龚芳回头瞪了吕广一眼。

吕广:(尴尬,烟在手中敲折,忙补充)好,这个假我准!

44.街上 外 日 阴 人物:龚芳

一座山城在阴云下。

失魂落魄的龚芳,双手抱住小腹,身子略斜,走出工厂大门。

特写,风撩动龚芳的头发,一张悲戚的脸。

45.家里 内 日 人物:龚芳、秦曲江、家庭众人

画面一,龚芳开门进来,靠着门无声地哭了起来。

秦曲江从卧室无声地走了出来。

龚芳:(意外,忙擦眼睛,笑)你在家里啊?

秦曲江阴郁而有几分怀疑的目光。

画面二,龚芳在电脑前打字。

龚芳画外音:我不喜欢工作,累死累活,还尽受气。

秦曲江画外音:是不是那个姓驴的又欺负你了?

龚芳画外音:人家姓吕,不是驴。

秦曲江画外音:我就觉得他是一头吃草的驴。

画面三,龚芳和秦曲江躺在床上交流。

龚芳:那是个苍蝇,跟谁都爱动手动脚,嘴上下流得很。不过,心倒也不坏。

秦曲江若有所思的表情。

龚芳:我呀,就觉得天天在家里陪着你就好。可惜!(瞥一眼秦曲江)想什么呢你?

秦曲江:我想……我在想你(搂住龚芳)。

龚芳:(躲,推,嗔)都这样了,还胡思乱想。你小心刀口。

响起了敲门声,两连一顿,很规律,很响亮。

龚芳和秦曲江噤声,相视以目。

画面四,电脑前的龚芳迷茫地抬起了头。

画面五,龚芳从门镜看出去,三位穿警服的人。

龚芳:(紧张)你们找谁?

画面六,茶几上,摆放着几样证件和公文。

女警察和男警察坐在正面沙发上,龚芳坐在侧位。

另一位女警在屋内走来走去审视着。

警察甲(女):经过我们多方核对,这笔三百万元的转让资金是你丈夫生前一手办理的。现在,这笔款项在单位中查无去向,我们来是……

响起一声刺耳的嗡嗡声,像广播中的交流声。

龚芳:(双手紧握胸前,身体抽缩住,失聪后的大声)你们说什么?

画面七,龚芳双手攥于胸前,站在窗前往下看。

楼下,几位警察钻进了一辆警车,周围一片注视的目光。

警车开走,几位大娘级人物往楼上面指指点点。

龚芳一紧张,闪身离开窗口。

画面八,龚芳坐在沙发上发呆。

画面九,龚芳对着电脑发呆,旋又飞快地打字。

龚芳画外音:秦曲江,你给我回来说清楚,究竟是怎么回事啊!

秦曲江画外音:老婆,这是单位里的事。

画面十,龚芳站在客厅当中打手机。

龚芳:郑经理,我娃他爸是个啥样的人,你最清楚。他不在了,你们可不能冤枉他啊!

郑经理手机语音:小龚,你不要激动。曲江是个好同志,我本人决不怀疑他。这事,单位也正在全面查账。你家里要是真有什么证据,或者曲江给你说过什么话,想起来记得先跟我联系。可不敢乱说。这是最要紧的事。

龚芳把手机紧捂在脸上抽泣。

郑经理手机语音:那些办案的人,他们只不过走走形式。

龚芳:(自语)他们说过还会来的。

46.小区院中　外　日　人物:龚芳、妇女邻居

几个哄孩子的老年妇女眼神怪怪地看着走过来的龚芳。

龚芳熟悉地冲几个人笑了笑。

妇女甲:(抱着孩子)哎,那些警察来,是不是你们家被盗案破了?

妇女乙:贼抓住了吗?

龚芳表情不自然地摇了摇头走过去了。

47.楼道　内　日　人物:龚芳、男邻居

龚芳往楼上走,在五楼标志处,迎面碰到了一名开门出来的中年男子。

五楼男邻居冲龚芳笑了一下,两人侧身而过。

龚芳到了自家楼门前,掏出钥匙刚打开了门。

男邻居(OS):(突发)等一下,我想跟你说点儿事。

龚芳吓得猛一回头,用手捂住了胸口。

龚芳:吓死我了。

男邻居:(歉歉,结巴)对不起。那天晚,晚上,我,我,我喝多了,敲,敲错了门。

龚芳:(怔,怀疑)是你?

面对龚芳的目光,男子挠着头,显得有点扭捏,往楼下走去。

男邻居:(回头,担心)警察,是,是,是不是因为我?

龚芳站在门口,面无表情地摇了摇头。

48.家里　内　日　人物:龚芳、小女孩

画面一,一群检察人员,在各个屋子里搜查。

龚芳呆坐在沙发上,面无表情。

女警官倒了一杯水,端在龚芳的面前。

女警官:(坐下,套近乎)大姐,这处房子你们哪年买的?

龚芳:孩子七岁时,为了上学方便买的。

女警官:当时花了多少钱?

龚芳:七万多。

女警官:钱是你们攒的?

龚芳:(稍急)哪有呢,他们单位给补贴了一点儿,跟众人借了一点儿。

画面二,警察乙看到了电脑,端详了一下,启动。

画面三,警察丙在阳台上翻一堆东西,发现了一些废账簿。

画面四,警察丁在卧室中翻找。

画面五,警察丙审视着。

画面六,女警官和龚芳在交流。

女警官:这顶楼不好住吧,没想过换房住?

龚芳:想过,没钱。

女警官:(笑)现在的房子太贵了。

警察二:队长,电脑是封存,还是拷贝?

龚芳:(站起,乞求)那我还要上网用呢,孩子在外地上学。

女警官:(看一眼龚芳)克隆了吧。

警察乙拿着废账簿交给了女警官。

画面七,龚芳独自一人呆坐在沙发上,面对众人搜查过后有点零乱的家。片刻,她站起,从柜上双手取下了秦曲江的照片凝视着。

龚芳独白:曲江,你这是造的什么孽啊!

49.售楼处　内　日　人物:龚芳、秦曲江

秦曲江和龚芳在看一处楼盘的模型。

女警官画外音:据我们了解,你丈夫病后,你们想过买一套新房。当时你们是怎么计划的?

龚芳画外音:家里的房子老漏,这么多年维修了好几回。

售楼小姐用细棍指着模型在讲说什么。

龚芳:(拉了一把秦曲江,悄声)这么贵,咱们哪有钱,走吧。

秦曲江冲售楼小姐难为情地一笑。

50.新楼盘边上　外　日　人物:龚芳、秦曲江
女警官画外音:那后来呢?
龚芳画外音:没钱,还有什么后来呀!
龚芳和秦曲江遥望着几幢快要竣工的高层住宅楼。
秦曲江:(叹息一声)现在的楼越盖越高了。
龚芳:越高越贵。
秦曲江:(商量的口吻)要不,咱们就在这买一套吧。
龚芳:(挽住秦曲江胳膊)走,不要乱想了。
秦曲江盯着龚芳,有点伤感。
龚芳:老公,我知道你的心。可是,小奋马上要高考了……
秦曲江和龚芳相挽着走开的背影。

50.楼顶　外　日　人物:秦曲江、几名工人
几名工人在用油毡铺着屋顶。
秦曲江从一个上楼顶的洞子里钻了上来。
龚芳(OS):(急)你,你下来,你上去能干什么?
秦曲江爬在洞口喘息,咳嗽,忙用手捂住嘴。
秦曲江:我想看一看,让师傅们给弄好,免得(咳

嗽)……

龚芳(OS):(哭声)秦曲江,你不要命了。我要你给我下来。

秦曲江:好,好,我下去。

秦曲江的头影从洞口消失。

几个工人相视笑了。

领头工人:(小声)大家给弄好点儿,我听说,那个男人得了癌症。

51.卧室　内　夜　人物:秦曲江、龚芳

龚芳和秦曲江依偎着躺在床上。

龚芳:不要说了。对我来说,再好的房子也不如你重要。我只要你陪着我,永远陪着我,比什么都好。

秦曲江欲言又止,心事重重,长叹了一口气。

龚芳:看,你又叹气了。

52.办公室　内　日　人物:女警官、龚芳、一名记录员

女警官:能谈一谈你丈夫最后时间里的一些情况吗?

龚芳:最后? 他没有最后。

女警官:(沉吟)这个,怎么说呢,那你丈夫是什么时候知道自己患病的?

龚芳:他一开始不知道。后来,我才知道他原来

啥都知道,是故意装得不知道。我也不知道他是什么时候知道的。再后来,他明知道也不知道了。

女警官:(笑)你慢慢说。

53.车间办公室　内　日　人物:龚芳、吕广、一名女工

龚芳(画外音):手术后,他非要回单位上班,我也就回单位上班了。那天……

吕广正和一位女工低声窃笑说着什么,显得亲昵而神秘。看见进门的龚芳,两人都有点儿意外。

女工冲龚芳笑了笑出去了,吕广脸上的表情由先前的微笑渐变出了冷淡。

龚芳:主任,我销假。

吕广:咋,不伺候你男人了?(见龚芳不解)现在工作不忙,我看,你还是好好地陪陪他吧。那种病可是绝症。

龚芳:(急,泪在眼里盈动)你咋知道?

吕广:(椅子一转,身子一侧,手摸了一把自己的脸,冷笑)你男人亲口说的。

54.一处饭店门口　外　夜　人物:秦曲江、吕广

面目不清的秦曲江截住了从饭店出来的吕广。

吕广:(紧张)你是?

秦曲江无声地逼着吕广退到了暗影中。

借了车灯,吕广认出了秦曲江。

吕广:我知道你是谁。

秦曲江:知道就好。我告诉你,不要再纠缠我妻子。

吕广:是她跟你说的?

秦曲江:这个你别管。

吕广:我们屁关系都没有,不过是同事,开点儿玩笑罢了。

秦曲江:玩笑也不想让你开。你这人太脏。

吕广:(生气)你他妈的算老几呀。

秦曲江一把揪住了吕广,一把刀子比在了他的脸上。

55.车间办公室　内　日　人物:龚芳、吕广

龚芳:胡说。他平时连句脏话都不说,才不会那样呢。

吕广:可他是个快死的人了。

龚芳:你才快死了。

吕广:嗨,嗨,是他自己说的,还威胁我(用手摸了一下脸)。要不然,就他那小身体,拿个刀子我也不怕。两脚下去就把他剁扁了。我是怕一个快死的人,拉我做垫背的。

龚芳:他肯定活得比你长久(扭头往门口走去)。

56.家里　内　日　人物:龚芳、秦曲江

秦曲江惴惴不安地听龚芳说着话。

龚芳:你没脑子呀,咋想起去做这种小娃娃的事。

秦曲江:(木讷)一想到他那么对你,我的心,就,就想发疯。

龚芳:(叹息)唉,算了,不说了。

秦曲江:不是,老婆。过去,我觉得一切自自然然的。最近,我不怕自己的身体怎么着,(激动起来)我怕,怕离开你和儿子。我想替你们想好一辈子的事情。这些年,我真的对不起你。

龚芳泪眼蒙眬对着秦曲江,上前,抱住了丈夫。

龚芳:你傻。咱们说好了,永远不分开。

57.办公室　内　日　人物:龚芳、女警官、记录员

女警官:(沉吟)你了解你丈夫吗?

龚芳:当然了。

女警官:他从没跟你谈过这样一笔钱的事?

龚芳:没有。(激动)他是个胆小的人,平常家里啥事都跟我商量。这种事他肯定不会做。

女警官:据我们了解,这笔钱是他离岗前最后几天操作的。

龚芳:不会的,不会的,他肯定不会。你们不能

因为他不在了,就冤枉他啊!

　　警察甲过来,拿着几样医院的化验单据。

　　警察:队长,这些单子很奇怪,跟医院的底据不一样。

　　女警官翻看着,龚芳瞟了一眼。

　　龚芳:这些都是我修改的。

58.医院　内　日　人物:龚芳

　　龚芳画外音:手术后,第一次复检,我去取的结果。大夫说,他最多只能活三四个月。我拿着单子,不知回家跟他怎么说。这时,我想到了改化验单的主意。

　　画面一,龚芳心情沉重,拿着一份化验单走出医院门,旋即又返了回去。

　　画面二,龚芳和大夫在商量。

　　龚芳:能不能给我重出一份化验单?

　　大夫:(摇头)医院不能出假单。

　　龚芳露出无奈而绝望的表情。

59.街道　外　日　人物:龚芳

　　龚芳迎风而行,不时展开化验单看一眼。

　　路边的一家复印店引起了她的注意。

　　龚芳再一次展开化验单看。

60.复印店　内　日　人物:龚芳、几名年轻人

画面一,复印机转动,吐出一张复印件。

龚芳:(看过)这个不行。

复印师傅:想完全一样,难呢。

龚芳:你再给想想办法。

店老板:(过来,接过复印件看)这个得用扫描和彩喷才行。

画面二,一个姑娘坐在电脑前,熟练地编辑和修改扫描进去的化验单,速度之快,令人眼花缭乱。

龚芳和店老板站在两边看着。

电脑上点击确认。

旁边的彩喷打印机吐出一张可以乱真的新化验单。

龚芳:(激动,拿着打印的单子)这个能行。能行。谢谢,谢谢了。

面对感激,几个人脸上显出一种助人为乐后的荣光。

画面三,老板、打印师傅、电脑姑娘和龚芳在电脑前商量。

店老板:这个医学术语得擦掉……

龚芳画外音:店老板是个好人,知道了实情后就给我免费了,还常帮我分析单子上的内容。后来,他们仿得连医院黄色打印条都挺逼真。

61.家里　内　日　人物:龚芳、秦曲江

画面一,龚芳把包挂起,掏出了那张修改后的化验单,放在了桌子上。

龚芳:累死我了。(瞥一眼秦曲江)药吃了没?

秦曲江:吃过了(目光冲着化验单瞥了瞥,欲言又止)。

画面二,龚芳在卫生间洗手,从侧面的镜子里,观察客厅的秦曲江。

秦曲江看着化验单,显得惴惴不安。矛盾,终于还是伸手拿起,手抖着看。

龚芳自后边一把抱住了秦曲江。

龚芳:大夫说,你的病况保持得很好。

秦曲江:真的?

龚芳:化验单上那不是写着嘛。

画面三,龚芳在厨房做饭,秦曲江帮手。

龚芳:你只要树立信心,坚持治疗,照这样下去,说不定就康复起来了。

秦曲江:(乐呵呵)那我就陪你到老。

秦奋:(过来,在门口)妈,饭快好了吗? 我饿了。

龚芳:马上就好了(端菜出去)。

秦曲江咳嗽了一声,忙用手捂住了嘴。

62. 山村外的一处山崖上　外　日　人物：龚芳、秦奋、秦曲江、胡远、张功德和父母

画面一，龚芳和秦奋左右扶持秦曲江站在山崖上，身边站着父母、胡远和张功德，后边不远处停着一辆前面进山游玩时出现过的轿车。

秦曲江扫望着崖下的山村和曲曲弯弯的一条瘦河。

秦曲江:(瞟一眼父母）小时候,我们常来这里耍。怕有危险,被爹妈骂过好几回。

响起了一群山区孩子追逐呐喊和嬉水时欢快的声音。

秦曲江的脸上荡出了一丝残阳一般的笑容。

父亲:这里风大,小奋,扶你爹,咱们回家吧。

张功德:我给你们一家人在这里拍一张照吧。

龚芳:(强作欢颜)好,好,这个地方好。

画面二,一家人重新排了秩序,父母居中,小奋在一边,龚芳和秦曲江在另一边。

一家人定格在一张照片上。

63.山城外的公路边　外　傍晚　人物:龚芳、秦奋、秦曲江、胡远、张功德

这一处场景即开场时黄叶飘落地。

秦曲江被搀扶着下车,弱弱地站在路边远眺。

夕阳,晚霞,归鸟的身影。

一条公路在山野中曲曲弯弯向远,有车辆若隐若现行于其上。

身边的一棵树缓缓地落下一片叶子。

秦曲江伸出手,却没有接住落叶。

秦奋从地上拾起落叶,递给秦曲江。

秦曲江:(端详着落叶,望远,嘴唇颤抖)大自然多美啊!

身旁的龚芳含泪把头转向一边。

64.轿车中　内　傍晚　人物:龚芳、秦奋、秦曲江、胡远、张功德

车窗开启,秦曲江贪婪地凝视着快速移动的风景

秦曲江画外音:世上有无数条路可以走。人一辈子却只有一条路能走。亲人们呐,你们是我心头永远的温暖,是我魂归的唯一故乡(收回目光,与龚芳四目相对,手握得更紧)。

龚芳画外音:老公,我懂你的心。咱们的家永远属于你。

秦曲江微微地摇头。

65.公墓预售接待处　外　日　人物:龚芳、几名工作人员

龚芳画外音:那些日子里,我请长假陪他治疗,

散步,说话。我想替他分担一些痛苦,希望能多和他走一段路。看着他饱受煎熬的身体,我知道一切不可避免地要来了。

龚芳:请问,双人墓穴多少钱?

工作人员:这要看位置。一般单人两万,双人三万。

龚香:姐,你傻呀,买双人的干啥?

龚芳:这辈子遇到你姐夫这样的男人,是唯一的,我不可能再考虑什么了!

龚香:你今年才四十二啊!难道……

龚芳:你不要说了。

两位售墓员忽眨眼睛看着龚芳。

66.家里　内　日　人物:龚芳、秦曲江、秦奋

画面一,秦曲江半躺在一把摇椅里,面对客厅的窗子和外面的老树,手里拿着一份大学录取通知书。

秦奋站在秦曲江的身边,双手轻摇着摇椅。

秦曲江:爸爸当年,连考了两届都没能上去。你妈因为家庭条件不好,高中没毕业就参加工作了。儿子,你比我们都强,将来一定会有出息的(咳嗽,身子欠起)。爸爸为你骄傲。

龚芳过来,在秦曲江的背上轻轻地拍着。

画面二,秦曲江躺在龚芳的怀抱。

秦曲江:(目光呆呆地看着龚芳)我怕不行了。

龚芳:不准你胡说。化验单你也不信了。

秦曲江:(一丝笑)我信。

龚芳:坚持,要有信心,说不定明天就会转好的。

秦曲江:(目光关爱)你太累了。

龚芳:又说傻话了。

秦曲江:这一辈子,我最大的成功,(咳嗽,一声紧过一声)就是找了你。

龚芳抱紧了秦曲江,把头埋在他的胸前。

画面三,秦曲江安静地躺在床上,周围站满了家人。

龚芳爬在床边,握着秦曲江的手,哭成了泪人。

秦曲江嘴唇嚅动,似有话要说。

龚芳把耳朵贴了上去。

秦曲江:房子不要卖,住着。我会回来的。还有……

龚芳:你说过不离开我的,你(泣不成声)说话要算数。

秦曲江:还有……(微弱)谢谢。

秦曲江闭着的双眼里滚出一滴浊泪。

家人涌向前,哭声一片。

母亲:儿啊!

秦奋:爸!爸!

龚芳:(嘶喊,咽声)秦曲江,你不能睡着,你给我醒来!

龚芳画外音:大夫三四个月的断言,在我们互相鼓励和关心下,他坚持了十三个月才走的。走时,他很坦然,那样子在我的脑海里,就跟睡着了一样。

67.办公室　内　日　人物:龚芳、女队长和若干警察
　　龚芳画外音:那次以后,他对化验单不那么重视了,我说什么他都信。
　　不知何时,室内或站或坐了七八个警察在听。
　　一名年轻女警察忘情地拍了一下手,赶紧停住。
　　女队长:你们的爱情故事真感人。
　　龚芳不好意地红了脸。
　　女队长:谢谢你的配合。我们办案,讲究的是证据……

68.街头　外　日　人物:龚芳
　　龚芳边行走边接听手机,显得意气风发。
　　龚芳:儿子,妈今天全说了。他们都被感动了。
　　手机中:妈,你说了什么?
　　龚芳:说妈和你爸的事。
　　手机中:你跟谁说的啊?
　　龚芳:跟谁?是,是(愣怔,突然站住)。(撒谎,泄气)是妈单位的姐妹。

69.家里　内　日　人物:龚芳、秦曲江

画面一,龚芳在电脑前打字。

龚芳画外音:老公,他们对你的怀疑我全没有承认。我要为你辩护。

秦曲画外音:老婆,那会很累。

龚芳画外音:再累,我都要维护你。你的灵魂是干净的。

一双臂膀自龚芳的后面从双肩到胸前爱抚而下。

龚芳陶醉地闭上了眼睛。

画面二,龚芳独自站在窗前,面对那棵还在落叶的大树。

两只麻雀在树上相偎,叽叽喳喳。

秦曲江默默地出现在龚芳的身边。

龚芳:老公,那么多的钱,你说会去了哪儿呢?

一只麻雀飞走了。

龚芳左右寻不见秦曲江的身影。

画面三,龚芳在电脑前打字。

龚芳画外音:老公,你要给我力量啊!

70.公司经理办公室　内　日　人物:龚芳、郑爽、女秘书

升任经理的郑爽很真诚地坐在办公桌后。

龚芳坐在气派的沙发上。

郑爽:我跟曲江在一起工作了多年。他是个啥样的人,我最清楚。就他那胆量,说他会贪污那么大一笔钱,打死我都不信。这事难就难在证据二字上了。

龚芳:可是,他真的冤枉。你们一定要证明他的清白。

郑爽:这个肯定。你放心。(意味深长地盯着龚芳)单位现还在协助警方调查。那笔钱我们一定会追回来的。你要是有什么证据,或想起曲江说过什么话,记得一定要先跟我联系。这非常重要。

龚芳:(茫然摇头)我手里什么也没有。

有女秘书抱着文件夹进来。

女秘书:经理,开会时间到了。

郑爽双手一摊,背靠向转椅,冲龚芳歉意一笑。

郑爽:公司股份制以后,事情真多。(站起)曲江是个模范丈夫。他不在了,你要保重身体。

龚芳无奈地站了起来。

71.永泰公司大门口　外　日　人物:龚芳,郑山

画面一,一栋气派的办公大楼,醒目的公司名号:永泰酒业。

龚芳自办公楼门走出,表情阴郁。

画面二,众多窗户,其中一个窗户后,郑爽隐约

下望的身影。

画面三,气派的公司大门,上面高悬公司名号牌匾。

龚芳随着几个年轻人走出了大门。

大门外,一条车流往来的马路。

龚芳蓦然回首,目光冷峻。

龚芳画外音:老公,这就是你工作了二十多年的企业。现在上市了,有钱了。可你,已经不属于这里了。但他们却给你背了一个贪污罪名。这对你太不公平了。

龚芳往左走了几步,又转身往右走了下去。

72.检察院大门　　外　　日　　人物:龚芳

画面一,一辆公交停在了站台前。

售票员报站名的画外音:市检察院到了。

车门开启,龚芳夹于下车人中,次第而下。

画面二,龚芳举头望着检察院大楼。

73.警察办公室　　内　　日　　人物:龚芳、女队长、几名警察

画面一,龚芳和女队长在交谈,几名警察各司其职。

龚芳:你们有证据说他拿了那笔钱,可钱在哪儿

呢,在哪儿呢!他每个月拿回家的,除了工资和一些补助外,我真的再连一分钱都没见过!

女队长:(微笑)你不要急。你听我说。

一名女警察端上一杯热茶,放在了龚芳面前的桌旁。

女队长:你说的这一点也是我们调查的主要方向。(摇头)可是,至今还是没有结果。而所有的证据指向,都是他一手完成的。

龚芳:(急哭)李队长,你们不能也冤枉他啊,他是清白的啊!

女队长:大姐,你放心。人民警察为人民。我们不会冤枉一个好人,也决不放过一个坏人。这个案子,在没有水落石出之前,我们不会轻易下结论的。

画面二,女队长翻着一本记事本。

女队长:(漫不经心)大姐,有个叫秦俑的人你认识?

龚芳:秦俑。(愣了一下)他,他是我娃他爸的网名。

正在忙碌的众人,都停住了手里的活,互相交流着意外的目光。

女队长:可是,他已经去世了!

龚芳:(口吻有点神经质)没有。他从来就没有死。他一直活着。

警察一:(急)那他住在什么地方?

龚芳:这里(用手捂了一下胸口)。

女队长:(急)那你们微博聊天记录是咋回事?

龚芳:(迟疑片刻)那全是我自己的话。

女队长:(哭笑不得)大姐啊,你,咳,为了这个人,我们费了老鼻子的劲啊!

龚芳:(不解)为什么?

静,所有的人都沉默着。

74.街道　外　日　人物:龚芳

龚芳茫然地行走,差点与一对情侣相撞。

龚芳画外音:老公,我骗了他们。你不是我想出来的。你活着,一直在我的生命里。你说对不?

秦曲江画外音:我知道。

龚芳画外音:那现在咋办?他们不相信咱们。

秦曲江画外音:回家,回家,回家……

75.小区　外　日　人物:龚芳、部分邻居

龚芳走过小区,幻觉,身后所有的人都指着她在说什么。

龚芳猛地回头,一切自然平常。

一个老太太在哄孙子,冲龚芳一笑。

龚芳埋头快速地走了过去。

响起了手机铃声。

龚芳:(边走边接)喂?

手机中:嫂子,我哥那儿到底是咋回事了?爹和妈都受了影响,在村子里抬不起头。他是不是真的把人家的钱给贪污了……

76.家里　内　日　人物:龚芳、龚芳母亲、妹妹、弟弟、小侄子

画面一,门口站在龚芳家的一堆人。

龚芳死气沉沉地从楼道走了上来。

画面二,一家人有站有坐。

龚香:这么大的事,你也不跟我们说一声。那现在咋样了?

弟弟:(在龚芳前走来走去)姐,说不定我姐夫真拿了那笔钱,只是没跟你说。说不定给了他们家的人了。公家冤枉他干啥,肯定是有证据的。

母亲:(抱怨)人都走了,还留下这一桩丢人的事。

龚香:他要是拿回家里那也成,这算什么事!

龚芳:(双耳一捂,嘶声)不要说了。

母亲、弟弟、龚香各有看法的表情定格。

小侄子把一件玻璃东西,适时从柜子碰落摔碎,响声和画面特写,定格的画面复活。

画面三,龚芳在电脑前失神坐着。

龚芳画外音:(颤音)老公,我心里好难受。我,我想你。我想去看你。

秦曲江画外音:来吧,我等你。

77.墓地　外　日　阴　人物:龚芳、秦曲江、老年女人

画面一,天空中,铅灰的云透着悲愤压抑的气氛。

一座山包,一片墓碑林立,密密麻麻如一座城市的感觉。

画面二,龚芳站在秦曲江的墓碑前,凝视着碑上的字,整理着碑上的花环,掏出一块布抹去灰尘。

龚芳画外音:老公,你还好吗?这段时间,我忙着为你奔走。可是没有结果,到处都有人在议论。家里你留下给小奋上学的钱,还有房子,暂时都让冻结了。结果会咋样,我也不知道了。

画面三,龚芳斜坐在墓碑的一边。

龚芳画外音:老公,我不知道该怎么办?怎么办……

下小雨了,天地为之迷蒙不清。

画面四,一把伞撑开在龚芳的头顶。

龚芳缓慢地拧过头,看见秦曲江站在身后。

龚芳抽泣,充满委屈,扭身抱住秦曲江。

秦曲江:下雨了,天凉,回家吧。

龚芳:(撒娇,负气)我不回去,我要跟你在一起。

画面五,一身黑色衣装的老年女人打伞走近。

老年女人:(关切)娃娃,快起来。不敢过分悲伤。人死不能复生,你这样子,会让他们在那边也痛苦的。

龚芳受惊,猛一愣神,发现自己抱住的是墓碑。

78.家里　内　日　雨　人物:龚芳、秦曲江

画面一,卧室床边的小柜上,安眠药瓶跌倒,几粒药乱撒开来。

龚芳躺身在卧室的床上,目光呆滞地看着屋顶。

慢画面,一颗夸张的泪珠从龚芳的眼角滴出,顺侧脸而下。

龚芳画外音:拥有时,我们不知道爱情的珍贵,失去了,原来是刻骨铭心的痛和思念。曲江,曲江,在那个世界里,我能找到你吗?

屋顶上有一处渗漏的水渍,晕出几个圈,悬着一滴水珠在晶亮地凝聚滑动。

隐约,渗漏形成秦曲江的脸形。

画面二,龚芳仰颈站在地上,秦曲江站在床上端详着渗漏的屋顶。

秦曲江:(自责)这房顶修的,又留下这么个问题。不行,我明天去找他们。

龚芳:不用了。这么一点点,慢慢就不漏了。

秦曲江满脸沮丧,长叹息了一声,身子一软,跌在了床上。

画面三,龚芳和秦曲江并排躺在床上看着屋顶。

秦曲江:(难过)房子漏雨,我觉得就像你哭一样,让人难受。

龚芳:(温存地抱住秦曲江)说话,快成诗人了。

秦曲江:从医院复查回来,我一定要修好(连声咳嗽)。

画面四,龚芳静静地凝视着一滴悬水珠,视线朦胧。

水珠里显出了秦曲江的脸,似微笑,似关切。

一滴水技巧地变成了秦曲江。

秦曲江的身子在变形,成了一张皮影儿,最后扩大成整个屋子。

秦曲江画外音:老婆,醒醒,醒醒……

响起一阵手机执拗不肯罢休的铃声。

龚芳在喘息,痛苦地扭动身子,翻转,爬在床边开始呕吐。

79.医院病房　内　日　人物:龚芳、秦奋、婆婆公公、几名单位女同事

画面一,龚芳躺在病床上,面容憔悴地在输液。

秦奋:(看着输液瓶中的液体近乎输完)妈,我去找护士。

公公:(看着秦奋出门而去的背影,忧虑)要不是小奋的电话,你说,你说这闯的是多大的乱子。

龚芳:爸,对不起。

婆婆:(坐在边上)曲江常说这辈子对不起你。你们感情好,老天爷收了他,你可不能想不开。小奋刚上了大学,他还小呢。你就不想想,一个没爹娃娃再没了娘,他该咋办嘛。

龚芳:(悲声)妈,我真的好想去找他。

婆婆:(忙安抚)净胡说呢,可不敢哭。

几位女同事走了进来,提着一些水果和牛奶。

画面二,女同事们围在病床两边言笑。

同事甲:过两天好了,回去上班吧。

同事乙:对了,"毛驴"让调到第二车间去了。你还不知道吧?

同事丙:(拉住龚芳的手)咱们单位进了全自动机床了。

龚芳脸上现出了一丝欣悦的微笑。

门推开,秦奋和一名护士进来。

女队长领着一个部下,一身便装,拿着一束花跟着走了进来。

80.街上　外　日　人物:龚芳、龚香

　　一辆出租在平稳行驶,街道两旁的市容在流逝。

　　出院回家的龚芳,把脸贴在出租车玻璃上向外望着。

　　女队长画外音:你的信我们开会研究过。我们相信你的话。案子,会继续查下去的。我们工作中不足的地方,还希望你能理解。

81.小区门口　外　日　人物:龚芳、龚香、秦奋

　　出租停在门口,秦奋先下,搀扶龚芳下车。

　　龚香自另一边提着一包东西下车。

　　女队长画外音:能证明你丈夫清白的,一是证据,二是你的坚强。你要相信我们,相信政府。你的配合是我们重要的倚靠。

82.家里　内　日　人物:龚芳、龚香、秦奋

　　画面一,锁匙转动,屋门推开,龚芳一行站在家门口,静静地看着屋子内。

　　龚芳画外音:老公,我们回来了。

　　秦奋:妈,进呀。

　　龚芳迈步,小心翼翼地走了进去。

　　画面二,龚芳坐在沙发上,扭颈看着自己的家,有点陌生。

看见挂在墙上的秦曲江的照片,龚芳走过去,抱在怀里端详着,用手抹去上面的轻尘。

画面三,龚香在厨房中做饭炒菜。

秦奋接过一盘炒好的菜走了出去,放在餐桌上。

秦奋:妈,过来吃饭。

龚芳:噢(眼盯着照片)。

画面四,龚香、龚芳、秦奋坐在饭桌前。

秦奋:(鼻子嗅)小姨做的饭真香。

龚香:是吗?你是馋了。

龚芳看着每人面前的碗筷。

龚芳:(镇定,认真)小奋,去,给你爸拿一副碗筷来。

秦奋和龚香相示以目后站了起来。

画面五,龚芳躺在卧室的床上,手摸着儿子的头发。

龚芳:明天,你就回学校去吧。

秦奋:那谁陪你?

龚芳:妈能自理的。过两天,妈就要上班去了。

秦奋:我不放心。

龚芳:傻孩子,有啥不放心的。(想到了什么)这回,妈是一时想不开,以后不会了。

龚芳的目光望向了屋顶的漏痕。

秦曲江虚幻的脸形隐约显现,露出满意的微笑。

83.工厂门口　外　日　冬　人物:龚芳、几位女同伴

字幕:一年以后

一群工人走出厂大门,各自四散开来。

龚芳和几个同伴相随而出。

同伴甲:龚芳,咱们说好了,你休完我休。

同伴乙:她休完我休。

同伴甲:我休。

同伴乙:(拍了一把同伴甲)去你的,老跟我争。

同伴甲:好,好,好,你休。

龚芳面带微笑,和几个人分开。

84.家里　内　日　冬　人物:龚芳、秦奋、秦曲江

画面一,秦奋背起了包袱准备出门。

龚芳:(一副家庭主妇的打扮)你爸在时,每年过年都要回去帮你爷爷奶奶收拾家的。(目送儿子下楼)到了乡下,不要急着回来,帮着多做点营生。

秦奋:知道了。

龚芳回头进屋,挽起衣袖准备清洗。

画面二,阳台上洗衣机在转动,客厅沙发上乱摆着一些东西。

龚芳在擦玻璃,脚下的椅子不稳。

两只小强从椅子下快速跑过。

画面三,幻觉,擦玻璃的人在同位置换成了秦曲

江。

换了装束的龚芳坐在沙发上,剥吃一个橘子,脸上表情满意。

龚芳:(走到窗前,领导一样)这,这,还有这块,都得重擦。

秦曲江:好,好。我擦。

龚芳:(看着另一块)这个还差不多。

秦曲江脚下的椅子一晃,人跌了下去。

龚芳:(闪身站起)妈呀!

秦曲江却坏坏地站起来笑着。

画面四,现实,龚芳发呆地坐在沙发上,手里拿着擦玻璃布。

龚芳:(把布子扔进了一个脸盆,自语)讨厌鬼。

秦曲江画外音:累了,就歇一会儿,春节还有十几天呢。明天再擦吧。

画面五,龚芳从洗衣机中往出拧衣服。

龚芳画外音:三天假,这么多营生,我咋能做完呀。你要是真关心,那就回来,像过去那样真真实实地回来,跟我们一块过年。行不?(片刻,静)咋,不说话了?

龚芳画外音:你又骗我。

秦曲江画外音:不骗你,过年,我真的会回来。

画面六,龚芳在阳台上晾晒洗出的衣服。

龚芳停住了手里的活,凝视着西落的斜阳。
龚芳:(喃喃)要是真能回来,那多好啊!

85.城市　外　晨　空镜

一座山城,冬日的烟气弥漫。
朝阳在一片新建高楼的铁架中缓缓升起。
市井里往来的行人和车辆。

86.家里　内　日　人物:龚芳

龚芳在厨房中擦洗,池中堆了一些待洗的锅具,水龙头在流。
响起了手机铃声。
龚芳把手在身上蹭着,出了厨房,接起客厅中置放的手机。
龚芳:喂,噢,是你们俩呀。上来,我正好在家呢。(来到窗边,看见楼下的一辆面包车)我看见你们了。好吧,那我下去。
龚芳合了手机,自门口挂钩上拿了钥匙,开门而出。
洗菜池水位在上升,龙头在流水。

87.院子　外　日　人物:龚芳、胡远、张功德

龚芳和胡远、张功德站在车边说话,身边放着两

件水果箱子。

龚芳:你看你们,都到楼下了,不上家里去。

胡远:不上去了,等过年,我们过来还要喝酒呢。

龚芳:酒,有呢。只是,这多不好意思。

胡远:看,见外了哇。曲江在时,常跟我要呢。我们弟兄从来都好意思着呢。(想起了什么,小声)对了,曲江的那事现在咋样了?

龚芳:(情绪有点激动,摇头)还能咋样,全赖在他身上了。反正,他也不会说话了。

胡远:(两人离开车,往一边走了几步)这事,你要想开……

张功德点了根烟坐回了车里。

88.家里　内　日　空镜

池中的水形成水帘往地上流着,厨房的地上汪起了一片水。

水舌越出厨房门,向客厅挺进。

突然响起了很重的敲门声。

男声(OS):开门,你们家,家,家漏我们家,家,家水了。开门,快,快开门……

水帘在流,地上的水在溢动,擂门声在持续。

89.楼道　内　日　人物:龚芳、男邻居

龚芳提着两件水果箱,有点费力地走了上来。

龚芳:(看见邻居男,紧张)我在这呢。

擂门邻居握着的拳头停在空中,慢慢地不自然地收了下来。

龚芳:怎么,你有啥事?

邻居男:(结巴)没事。我,我,我,当你在家里呢,原,原来……(迎下来)你提不动,我帮你提吧。

龚芳:不用,不用。这都到家门口了。(狐疑)你真没事?

邻居男:(拍头)啊,啊,啊是,是,是你们家水漏我们家了。

龚芳:什么水?(愣证,猛然想起)哎呀,快,快。

龚芳把水果箱扔在了楼梯上,手忙脚乱打开了家门。

门口地上,汪了一大片的水。

龚芳踩着水跑进了厨房,关上了水龙头。

邻居男:(站在门口)就是漏,漏,漏了。我,我,我帮你收拾吧。

龚芳:不用,不用。你还是赶紧看你们家咋样了。

邻居男:那,那,那好。你,你不要急啊。(恋恋地下楼梯)我老婆不在。我,我,我们家淹了也没事。

邻居男把两件水果箱提到了龚芳家门口。

90.家里　内　日　人物:龚芳

画面一,龚芳用一个桶、一块毛巾在收集地上的水。

龚芳:(自责自语)猪脑子,咋就忘了关呢。(哭)秦曲江,这都怨你。

画面二,龚芳提着桶收拾到了厨房,楼下传来击打地面和隐约的喊话声。

龚芳判断了一下,拉开水池底下的柜子,声音响了许多。她从里边取出了几件杂物,一块地板不太明显松动翘露。随着楼下的敲打,地板往上颤动,带着水溢出。

龚芳:(自语)烂楼,上面漏,下面也漏。

龚芳用布抹去了水,五指按了一下地板,犹豫了一下,取了一个铁片挠了起来。

地板底下,露出了平展展铺开的塑料包,里边隐约可见一沓沓的百元人民币。

龚芳手一松,铁片落地,人一屁股跌坐在湿地上。

画面三,屋内一片遭水后的狼藉,东西乱丢在一边。

电脑室的地上,摆着那包被水浸了,但包裹严密的塑料袋。

画面四,龚芳围着塑料袋矛盾而不安。

画面五,龚芳小心翼翼逐层打开了袋子。

一沓沓百元钱中间,夹着一张折叠的纸显了出来。

画面六,龚芳坐在电脑前的椅子上,浑身颤抖地展开了那张纸。

秦曲江画外音:芳,这是一笔我无法处理的钱,一共是三十万……

画面七,龚芳徘徊着,迷茫而不安。

秦曲江画外音:我知道,纸是包不住火的。我也知道,他们是利用我这个活不了多少天的会计,来洗出这笔变卖下边资产的收入。

91.一处居民楼前　外　夜　人物:秦曲江

秦曲江画外音:这么多年一块共事,我没勇气推掉这样一份信任。好几回,我想把这笔分给我的钱交还给他们。

秦曲江提着一个包,在楼门外的空地上走来走去,不时仰头看着上面的灯光。看见有人过来,他紧张地往别处走开了。

92.银行储蓄所　内　日　人物:秦曲江

秦曲江画外音:那些天,我心神不宁,不知该如何处理这笔让人害怕的不意之财。

秦曲江在排队,临近窗口,掏出自己的身份证看了看,提包离开。

93.家里　内　日　人物:秦曲江

　　画面一,秦曲江坐在沙发上,有点发痴地盯着茶几上放着的一包东西。

　　画面二,秦曲江把那包东西放在阳台一角落,左看右看,觉得不妥,又取了出来。

　　画面三,秦曲江的目光在屋顶、灯具、卫生间扫过。

　　画面四,秦曲江掀开了卧室的床,把一包东西塞了进去。

94.单位财会室　内　日　人物:秦曲江、郑爽、一名女员工

　　秦曲江画外音:后来,事情就无法挽回了。

　　秦曲江把一串钥匙交给了旁边的一名女员工,让出座位,拉上了自己的手提包。

　　郑爽:(过来,拍着秦曲江的肩膀)交完了?

　　秦曲江:完了。

　　郑爽:这岗位,等你好了,再回来。

　　秦曲江惨然一笑。

95.街道　外　日　人物:郑经理、秦曲江

　　一辆轿车行驶在车流中。

　　车内,郑爽开车,秦曲江坐在一边。

郑爽:曲江,你我共事多年,我没亏待过你吧?

秦曲江:(喏喏)没有。

郑爽:那就好,好好养病,有什么困难,尽管跟我说。

秦曲江:经理,我还是担心那件事。要不我的那部分就……

郑爽:(表情一沉)看,咋又提这事。(瞟了一眼秦曲江,语气缓和)还是考虑着给老婆孩子把房子换一下吧。唉,放心吧,现在就这么个社会,撑死胆大的,饿死胆小的……

96.家里　内　日　人物:秦曲江、龚芳

秦曲江画外音:我也想过,用这笔钱买一处新楼住。可是,二百多万的一笔钱,绝不会没人发现的。除非我死了……

画面一,龚芳拿着那张纸在地上惶恐不安地走动。

龚芳:(自语)傻瓜,你死了,别人就可以把所有的脏水泼在你身上了。

画面二,龚芳在翻一叠名片,找出了一张。

名片人名特写:郑爽

秦曲江画外音:我死了,这笔钱就死无对证了。但政府不会不管,到时候,我就是一个罪人啊!

画面三,秦曲江身体虚弱地在打手机。

秦曲江:郑经理,你怎么老在外地开会啊,什么时候回来?钱你们还是拿走吧。

开门的声音,秦曲江紧张地关了手机,藏进口袋,表情艰难地演着什么事也没有的轻松劲。

龚芳推门进来,手里提着一袋子面。

龚芳:(瞅着秦曲江)你咋了,脸色那么不好看,是不是又痛了?

秦曲江僵硬地张嘴笑了。

画面四,龚芳在打电话。

龚芳:郑经理,我找到了你要的东西了。你,你们真无耻⋯⋯

画面五,秦曲江力气不足地试了几下,提不起卧室的床板,急得不停咳嗽。他憋气,终于移动了床板,把头和肩塞进去扛住。

秦曲江画外音:我知道自己的日子不多了。我怕你们现在知道,又怕你们将来不知道。我想留给你们,又怕留给你们。这是一桩祸事啊,我不在了,你们能承受得了吗?

画面六,龚芳在打电话。

龚芳:我不管你们是怎么回事,只要你们还老秦一个清白,还我们全家人一个清白⋯⋯

画面七,秦曲江在橱柜底下盖上了那块地砖。身边,堆着挖出的水泥渣子。

秦曲江画外音:将来,如果政府真的没有追究,那就是天意了。芳,以你的细心,总有一天会发现这笔钱,那时,就用它买一处新房子吧。

画面八,那一个带水装钱的包放在客厅茶几上。

龚芳平静地在清理着因为漏水而零乱的家。

龚芳画外音:这样的钱我们能花吗?

画面九,响起了急促的敲门声。

龚芳放下了扫地的笤帚,在门眼里看了一下,表情冷淡而沉静地开了门。

门口,站着尴尬的郑爽。

画面十,龚芳坐在沙发上,郑爽在客厅中徘徊。

郑爽:(故作轻松)一直,我以为你知道这件事,故意装着呢。原来,他真没告诉你呀。这个曲江做事,这么大一笔钱,他藏在家里,怎么能跟你都没说呢。要不是漏水,你发现不了,将来还不知道会咋样呢。

龚芳沉默无语,面无表情。

郑爽:(坐到了沙发上)把那封信交给我吧。这件事情都过去一年多了,只要我不提你不提,你放心,再不会有什么人来追查了。

龚芳:信,我不能给你。钱,你拿走吧。

郑爽:(急)为啥? 这钱是曲江应该得的。

龚芳:我不喜欢你们这样做事。你还是去说清楚吧。

郑爽困惑,诧异,吃惊的表情。

郑爽:那,我看一下信行吗?

龚芳下意识地把手伸进口袋掏了一下,又拿出,站起。

龚芳:(摇头)你走吧,我要收拾家了。

郑爽:(忧虑地站起)钱我不拿,那是你们的。这样吧,你把信给我。我再给你三十万。(盯着龚芳)五十万。

龚芳:你不拿,我就交公家了。

郑爽:你不能犯糊涂啊(逼视着龚芳,扫过衣服口袋)。好,我拿走(生气地提起茶几上的塑料袋子,掂了掂)这太显眼了,还有水。你给我找一个布袋行吗?

龚芳不情愿地往电脑室进去。

郑爽紧跟在后面,表情狰狞,伸手一把捂住了龚芳的嘴,伸手去兜里抢信。

龚芳:妈(发不出声,挣扎)!

龚芳双手抓住郑爽的手臂,鼻子里哼出恐怖的声音。

郑爽从龚芳的口袋中拿到了一张折叠的纸,想展开看一下。

龚芳反抗,借机咬住了郑爽的一根指头,血染红了嘴。

郑爽:哎呀(手一甩一松)!

挣脱的龚芳往窗口跑,喊出一嗓子救命。

郑爽双手卡住了龚芳的脖子,指头上的血在龚芳的脖子上流下。

龚芳瞪着眼睛,张大嘴,双手无力,扭颈看向郑爽,一双眼里,映出了两个秦曲江的影像。

郑爽猛一拧头,看见秦曲江站在自己的身边。

郑爽:啊,曲江。

郑爽松开手,惊恐万状,转头就跑,碰倒了电脑桌和椅子。

龚芳软软地倒在地上,姿势别扭。

慌乱的郑爽把那张纸往口袋一装,跑到家门口,正欲开门,听到敲门的声音,人一下子愣住了。

敲门声在持续,小心而文明,很有耐心。

郑爽跑到客厅窗前,又跑进了厨房,跑出,跑进了电脑房。

龚芳嘴里吐出了白沫,一动不动,圆睁的双眼里,秦曲江的小影在动。

郑爽腿一软,跪倒在了龚芳的一边。

97.高楼屋　内　日　人物:秦曲江、龚芳

龚芳和秦曲江置身一处四面光亮而崭新的房子里。

龚芳:老公,咱们这是在哪儿啊?

秦曲江:在家里。

龚芳:你胡说呢。

秦曲江:这是咱们的新家。

龚芳:真的(跑到了窗前)!

高楼还在往上升,一片林立的高楼世界,虚无缥缈的云影,天国的世界,看不到地面。

龚芳:好高啊!

秦曲江:你不是一直想住高楼吗(上前,拥住了龚芳)?

郑爽的画外音:你饶了我吧。我,我没想到会这样。

秦曲江、龚芳:谁说话呢?

龚芳:好像在咱们家里,我回去看看。

98.家里　内　日　人物:龚芳、郑爽

郑爽跪在龚芳的身边磕头。

郑爽:(喃喃)曲江,我不该利用你的绝症,我错了,只要你饶了我,我愿意去自首,还你的清白……

龚芳的手指头微微地动了一下。

听不见敲门的声音了,郑爽猛地一惊,呼地站了起来,跑到门口,听了听,透过门镜向外看。

楼门口一片安静,空空如矣。

郑爽轻轻地拉了门,一脚迈出,回头看见了茶几上的那包钱,返回,往衣服里一塞,回身跑出屋子,顺手关上了门。

五楼门道口,楼下邻居忽眨双眼,看着匆匆跑下的郑爽。

99.轿车　内　日　人物:郑爽

那包钱被放在旁边的座位上。

郑爽开着车,手指在流血,染红了方向盘的一边。他突然想到了什么,腾出一只手从口袋里掏出了那张纸,展开。

纸上内容特写:一首打印的歌曲简谱稿。

郑爽猛地刹车,带血的手在自己脸上使劲地抽了两下。

100.院子里　外　日　人物:龚芳、众多的围观者、救护车、警察

画面一,郑爽开着轿车驶进院子里,远远地停下来望着。

画面二,救护车边,楼下男人和另两个人抬着一副担架,上面躺着龚芳。

龚芳睁着眼睛,生死难定。她被送到了车上,戴上了养气罩。

救护车开走。

有警察还在楼门口进进出出。

围观的人群中,许多熟悉的面孔。

画面三,郑爽扭头盯着那一包钱,咬着嘴唇,片刻,发动了车子。

101.小区　外　日　人物:一群孩子、几个大人

炮仗声声,一派春节的气氛。

一位老年人在楼门口上贴对联。

两个中年妇女提着采买的年货远远走来。

几个孩子在放炮仗。

102.家里　内　日　人物:龚芳、秦奋、秦曲江

桌子上摆着年饭,龚芳和秦奋显得有点冷清。

秦奋:咱们回去跟爷爷奶奶一块过就好了。

龚芳:明年吧,今年,你爸要回来。

秦奋:(皱眉,站起)妈,你又开始了。我不爱听。(走开,咕哝)我爸永远不会回来了。你又不是不知道。

龚芳:儿子,你不懂。来,你坐下,听妈给你说。(入神)你爸呀他说过,他不会离开咱们的。其实,他一直还跟咱们生活在一起。他跟妈说话,讲你的事情,计划着生活。只要妈一想起他,他就会出现在家里。

秦奋:(坐回椅子,故意)妈,那你让我爸出现,我就信了。

龚芳：(被噎了一下)这孩子,你爸这不是出远门了嘛。

秦奋：妈,你这不是自相矛盾吗?

龚芳：这孩子,好了,咱们吃饭吧。

秦奋：(故意)那不等我爸了。

龚芳：你爸那不是……

响起了敲门的声音。

秦奋过去打开门,门外空空如矣,楼道里响着空易拉罐的滚动声。

秦奋：(关上门)怪了,没人。

龚芳：好几次了。我看(过去拉开门)。

门外站着秦曲江,提着两包东西,一身风尘仆仆归来的行装。

龚芳：老公(潸然泪下),你终于回来了。

秦奋：(吃惊,慌恐)爸。

一家人激动地拥抱在一起。

淡出

全剧终

▲
作者 / 亚宁

作者简介

亚宁,本名宗力杰,笔名:亚宁。1965年生,新闻系毕业,在新华书店工作近三十年,现居西安。爱好诗歌多年,小说创作多部。

【电影剧本】

裂地情

Split the earth

亚 宁

淡入

1.外　街道上　日　人物:孟达、柳如月、公交司机
　　站牌下,一辆公交驶来,停住。
　　孟达混于上车人流中,看见拥挤,反感,退到最后。
　　柳如月(二十多岁)一身白衫,耀眼而又清爽地自后门走下来,手里的伞随之张开。
　　孟达(四十多岁)瞟见被伞掩了头脸的柳如月,抓住了车门,出神,欲上不上。
司机:上不上啊? 不上下去,关门了。
　　孟达一惊,上车,脸贴玻璃向外看。
　　车子驶过行走的柳如月,越走越快……

2.外　小区　日　人物:龚心如、两个小孩

　　龚心如(四十多岁)一手提杂货包,一手拎着装满菜蔬的塑料袋,从大门向里走。迎面碰到一个熟人,两人互相笑了笑。她从一条小径往里走,拐弯,到自家楼门前。

　　龚心如向着楼顶发愁地扫了一眼,把东西放在一个水泥平台上,揉着腰部,看两个孩子在楼门口玩沙。

3.外　小区　日　人物:孟达

　　一栋陈旧的七层老式楼房,楼门黑洞洞的,外墙面老旧零乱的特写。

　　几株生机勃勃的爬山虎,嫩黄梢头遮上了三楼。

　　镜头在楼面上探寻,顺着爬墙虎,推近一户顶楼窗口,透过生锈防护栏,透过灰土紧闭的玻璃,隐约可见里边亮着的电脑屏幕。

　　切入,屏幕前,孟达头发凌乱,光膀,正坐在椅子上打字的背影。

4.外　站牌前　日　人物:柳如月、孟达、公交司机

　　公交后门,最后一个走下车的是孟达。前门,最后一个上车的是柳如月。

　　柳如月没入公交里,孟达追到前门,抓住门把手

矛盾着。

司机：上不上，不上放手，关门了。
孟达犹豫了一下放开了手。
柳如月回转身来，隔了玻璃外望，脸挂一丝微笑。
孟达跟了几步，目送车子驶去，若有所思。

5.内　家里　日　人物：龚心如、孟达
门锁从外转动，门推开，龚心如走了进来。
小狗欢欢吠了两声，迎上前绕人撒娇。
龚心如把东西往门边鞋柜一放，用背把门推住，靠着，看着有点寒酸的家。
特写，三室一厅一厨一卫的老式房子，光线有点暗，门窗也小，除一扇门紧闭外，其余的全都敞着。多处脱皮的电视柜，老式电视机，陈旧电风扇，一条茶几……
传来敲打键盘声音。

6.内　书房　日　人物：孟达、龚心如
烟气如雾，脏乱不堪。
孟达窝坐在一台老式电脑前，一手夹烟，一只手放在键盘上，脚勾着椅子，正专注构思什么。
电脑桌上，摆着一个不能再满的烟灰缸。
整墙书架布满了灰土，显得零乱。

紧闭的书房门被猛地推开,龚心如冷脸地站在门口。

沉浸于创作的孟达被吓得猛一哆嗦,抬起一双空茫的眼睛。

孟达:你回来了?

龚心如重重把门摔住。

7.傍晚客厅

孟达一家三口在吃饭,电视里放着晚会节目。

龚心如给儿子夹了一筷子菜。

孟小柱(中学生)边看电视边吃饭,根本没注意到。

孟达默默地吃着。

龚心如:不要看了,快点吃完饭写作业去。

孟小柱:嗯(眼睛不时瞟向电视)。

龚心如看在眼里,过去把电视关了。

孟小柱一脸不高兴。

孟达:你让娃看一会儿,那又影响什么呢?

龚心如:不要说话。

孟达:为啥不让我说话?

龚心如:你没资格。

孟达生气,把碗一推,站起来回了书房。

8.公交站点

　　孟达抽着烟,目光扫向过往的车辆和行人。

　　公交车交汇,乘车人不绝如缕。

　　多角度,孟达形体转换,希望、失望的表情。

　　远处走来酷似柳如月的女孩子。

　　孟达眼睛一亮,转瞬暗淡下去。

　　女子自身边悄然走过。

　　夜幕降临。

9.书房　夜

　　电脑前,孟达不停地打字,删除,心烦意乱。打着打着,慢了动作,抱住脑袋沮丧地磕在桌子上。

　　显示器一闪又一闪。

10.小区门口

　　孟达路过门房,驻足,向前走几步,驻足,返回。

　　孟达:有我的邮件吗?

　　胖大女人:(正忙什么,屁股冲外撅,回头,很奇怪瞅一眼)没有。

　　孟达讪讪离开。

11.公交站点

　　孟达提着一个装书塑料袋，神经地挨个瞅着候车的人。

一位母亲把走开的小女孩往身边拉了一下,警惕地盯着孟达。

孟达叹了一口气,转身离开,顺路走下去。

12.马路上

开始下雨,淋着孟达,也淋着一街奔跑的秀腿和撑开的雨伞。

雨中,一把粉红色的伞,两条秀腿,一双高跟鞋在走。

眼睛一热,孟达抹了一把雨加泪,亦步亦随,脚步怪怪地跟着走。

一阵劲风吹来,粉伞一张,露出了伞下的人。

孟达看清了,她不是柳如月。

13.家里

电话铃声响起,特别尖锐。

小狗在电话机边撒欢,片刻,颠颠儿地跑到书房门口,吠两声,用头拱了两下,虚掩的门开了。

孟达仰面八叉躺在书房地上,身边一片被抖乱的写满了钢笔字的旧稿纸。

小狗孩子一样端详。

电话铃声还在响,夹杂着钥匙开门的声音。

小狗掉头跑出去，进门的孟小柱紧走两步接起了电话。

14.街道办事处

一间摆满了办公桌的办公室里，几个中年妇女正吃着盒饭。

龚心如坐在电话机旁，拿着听筒，身边也放着一个盒饭。

龚心如：儿子，你回去了？

电话中：我刚进门。

龚心如：你爸不在家？

电话中：我还没看呢，不知道。

龚心如：那你去看一下。

15.家里

孟小柱放下电话，走到书房门口。

孟达对儿子上翻白眼，不说话。

孟小柱：（面无表情，撤身过去，重又拿起电话）妈，我爸在家。

16.街道办事处

龚心如：（有点躁）那他为啥不接电话？

电话中：我不知道。他在书房地上躺着呢。

龚心如：那他没给你做饭？

电话中:没做,家里啥味也闻不见。

龚心如:(从椅子上站起)这个活死人呀,真是气死我了。(坐下)儿子,妈在卧室床头底下放着五十块零钱,你自己到街上吃去。吃完,好好回家睡一觉,再去学校。

电话中:嗯。又问:那我爸咋办?

龚心如:(气哼哼)不要管,让他死去(把电话重重地压了下去)。

17.家里

孟小柱来到书房门口,嘴撅了撅,孩子气地有种无事又不然的样子。

孟小柱:爸,你起来嘛,地上凉。

孟达翻了一下白眼,手在空中一摆,意思是不要管我。

孟小柱:我妈让我出去买吃的。

孟达眼睛也没睁,再一次把手一摆。

孟小柱到卧室,翻开床头,拿了十块钱,又放下,最后只拿了五块。

18.书房

孟达猛地双眼一睁,翻身而起,在书架底柜中翻找出一个陈旧的牛皮纸袋,掸去土尘,端详。

纸袋上一行潦草的钢笔字看不清楚,中间写着孟达老师收;底端印着红字:中国理想出版社编辑部。

孟达小心翼翼打开袋子,抽出一叠打印的稿子。

稿子封面上印着:长篇小说《梦情记》。作者:孟达。

翻看中跌出一封信,孟达拣起,看着上面清秀的女人笔体,有几分忘我地看了起来。

画外音:孟达老师,您的作品非常有才气,人物故事也浪漫生动,语言也很优美,只是与我社的出版宗旨有所不合,现璧还,请再与别家出版社联系。谢谢支持。

画外音重复:您的作品写得非常有才气,人物故事也浪漫生动,语言也很优美。

孟达泪花满眼,抱头无声地哭了。

传来家门开合的哐当声。

孟达忙用袖子擦了一把眼睛。

孟小柱出现在书房门口,提着两袋包子,拿着两根一次性筷子。

孟小柱:爸,我买了十个包子。你吃五个,我吃五个。

孟达:(眼睛发红)爸爸不想吃,你吃吧。

孟小柱:爸,你哭了?

孟达:没有。爸是想起了前些年的一些事,心里有点感叹。

孟小柱:(瞥一眼信)爸,是不是又因为退稿?

孟达忙抓起信,胡乱夹在了书稿中,人跟着站起来。

19.家里

床上,孟达侧身,儿子仰躺着。

孟小柱:爸,你快别写了。现在这个社会,人家啥也不认,就认钱。

孟达:写,是爸爸从小的理想,这么多年坚持着,不写,爸这辈子就可能一事无成了。

孟小柱:那有什么。无成就无成,起码不用苦熬人吧。

孟达:不是那么简单。

孟小柱:(眨眼)爸,要写,你就写现在流行的鬼呀,怪呀,穿越呀,还有恐怖呀。那些东西,我们同学都爱看,人家杂志社才会给你发表。

孟达:那些垃圾东西啊,爸爸不会写。

孟小柱:嗯。(沉吟,打哈欠)爸,那你就写电视剧本吧,真能卖钱呢。(见父亲无所动)爸,我困了。这个星期日,我妈顾不上,你给我开家长会去。

孟达:(自语,想着)家长会……(往起一坐,下

地,眼睛瞬间明光烁烁)

  孟小柱打开了呼噜。

20.学校

  一群女孩子在练习集体舞蹈,几个孩子在绕操场长跑。

  孟达衣着随便,矜持地走在校园里,来到教学楼下,停住,用手挠头,左顾右盼。

  孟达:(见两个女学生手拉手从楼门口出来)同学,请问高二(六)班在几层?

  学生一:叔叔,在四楼东边第二个教室。

  孟达:谢谢。

  女学生:(天真,活力,齐声)不客气(回头,奇怪地看着孟达的背影,窃语,笑着跑走)。

  孟达不经意往边上一瞥,看见了便装的柳如月正从不远处走过。

21.教学楼上

  铃声响过,孟小柱站在栏杆前,焦急地往楼下的广场上扫描寻找。

  操场上,孟达正跟柳如月交谈着。

  孟小柱跑到了楼道口。

22.学校小广场

孟达:(伤感)你还是这么年轻。

柳如月:没办法,是你不让我老啊。

孟达:那天,在公交站点,我不敢认你。再找你,就不遇了。

柳如月:(带出点感情)这么多年,我也一直在等你。(顿)等你给我一个结果呢。

孟达:惭愧啊。

孟小柱:(跑过来)爸,家长会都开了。你还不赶紧上去。

柳如月奇怪地看着孟小柱。

孟达:(不好意思)这是我儿子。我差点忘了开家长会的事。

柳如月:那你赶紧去吧。

孟达:那好。等散了会,我去找你。

柳如月:好。

23.家里书房

房门紧闭,窗帘半拉,烟气缭绕。

地上一片零乱,墙角处,牛皮信封袋张着口,边上,小说稿《梦情记》卷曲,那封退稿信外露出三分之一。

电脑前,孟达专心致志,一边抽烟,一边敲打键盘。

传来了学校的下课铃声。

孟达抬起身子,一副如梦初醒的眼神。铃声随之消失。

24.学校门卫室

孟达随着一群家长,拐进校门口警卫室。

警卫室,一个驼背老年男人坐在椅子上,戴着一副眼镜,盯着孟达看。

孟达:请问,柳如月老师是在哪个办公室?

老男人:(耳背,沙哑地大声)谁?

孟达:柳如月老师。

老男人点了点头,开始在玻璃板下名录表里查找。

老男人:(抬起头)没有。

孟达:(意外)不可能。我前一阵还遇到过她。

老男人:那你有她电话吗?

孟达摇了摇头。

老男人:没有。不信你看。

孟达把头偎了过去。两个人都有点歇顶,老男人的更严重一些。

25.小区门口

龚心如从大门外走了进来,路过小卖部。

女店主:(站在门外)唉,我说那个谁。你男人欠我八盒烟钱。你有,就给还了吧。

龚心如:(站住,愣了一下)你叫我?

女店主:你是六号楼,六〇四户吧?

龚心如点了点头。

女店主:我认得你们两口子。你男人就是那个圆脸,一头乱发,走路有点打摆的那个人。叫,叫,(翻动着账本)对,姓孟,叫,这个字不好认,太草了。

龚心如面无表情地听着。

女店主:烟钱也不多。十六块。你还了吧。要不,以后再不给他欠了。

龚心如抬腿就走。

女店主张了张嘴,没发出声来。

走出十多步,龚心如快步折了回来,掏出二十块钱,给了女店主。

女店主:(边找钱,边咕哝)唉,他也是,尽抽一些廉价烟。

26.家里　傍晚

孟达穿着大裤衩,正在锅灶前炒菜。

龚心如开门进来,拉脸没说话,自顾换鞋进了卫生间。

27.家里　晚上

　　孟达一家三口在吃饭。

　　桌上,摆着大盘咸菜,一盘素炒青菜,一盘油炸辣子,一个电饭锅。

　　孟小柱大口吃饭。

　　龚心如吃一口,看一眼儿子,慈母之情溢于脸上。

　　孟达的米饭碗里,被辣子拌成了红色。

　　龚心如:儿子,以后要加大营养。高二可是要劲的时候,今年学习要是还不能起飞,明年冲刺高考就成问题了。

　　孟小柱冲着母亲憨厚地笑了笑。

　　龚心如:(瞥一眼孟达,看一眼儿子)儿子,妈这一辈命苦。将来妈就活你了。

　　孟小柱:那我爸呢?

　　龚心如:你觉得,他死他活,跟这个家还有关系吗?

28.卧室中　夜

　　龚心如先睡到床上。

　　孟达跟着进来,在床边脱衣,钻进了被窝。

　　龚心如给了孟达一个脊背。

　　孟达拉灭了床头灯。

黑影中,一片宁静,谁也没有再动。

龚心如:你还有脸碰我。

孟达:(丧气)败兴。

龚心如:你活着就是败兴。

孟达转过身子睡着,没应。

龚心如:(用训斥的口吻)我给你说,小卖部烟钱清了。再不许给我去欠。(命令)从后天开始,你到我们办事处三居民区,跟别人一起打扫卫生。一个月八百块钱。

孟达:我不干。

龚心如:不干?那就你从这个家里滚蛋。

29.一居民小区

孟达穿着清洁工人宽大的黄包服,拿一把扫帚,提一个装垃圾的长把撮子,跟随一个瘦大嫂从大门口走了进去。

身穿制服的门卫,只拿余光瞟了一眼。

在一栋楼门口,两个人止了步。

瘦大嫂:(唠唠叨叨)孟师傅,从今天开始,你就负责一、二、三、四号楼楼道和门前的卫生。一天扫不完,两天扫,还扫不完,就三天扫。扫楼要在人家上班后,咱们过来,人家快下班了,咱们就停下。楼要扫干净,不然被检查了,还要扣钱,严重的就不能干这份工作了(自顾走了)。

楼道里,有人走了出来。

孟达找了一块离开楼门处的台阶,把扫帚放在一边,坐下来点了根烟抽。

30.楼道内

孟达乘电梯到最顶层,出到楼道开始清扫。

楼道直对的墙上镶着楼层牌在变:三十二层,二十八层,十九层。

孟达把一撮灰土倒进垃圾袋,直了腰身看着一户门前的对联。

对联左:春花朵朵皆三月阳光;对联右:秋月处处均九月花香。横批:花艳月洁。

门镜上有眼睛隐约在向外看。

门开了,柳如月一手握着门把手,冲着孟达嫣然一笑。

柳如月:你终于找回来了。

孟达:(意外又惊喜)怎么,怎么,怎么会是你的家?

柳如月:忘了!进来吧。

孟达:你先把门关了。让我把身上的衣服抖一抖。

柳如月:(笑)一点都没变(把门带上)。

31.屋内

温馨的女人独处的小居室,窗明几净,装饰典雅。

孟达有点不安地坐在沙发上,眼睛四处巡视着,脸上带出陌生而又熟悉的表情。

柳如月:(端一杯水放孟达前)那天,我从学校回来,就一直在等你。

孟达:当时晕头了,忘了问你要电话了。

柳如月:(奇怪地)你有家里的电话号码啊。

孟达:没有。

柳如月:怎么会没有呢?

孟达:可能丢了。我翻遍了所有的本子,都没有找见。

柳如月:你没在自己的记忆里找吗?

孟达摇了摇头。

柳如月:也难怪,整整十年,咱们没有联系了。

孟达:是十年了。

柳如月在对面坐了,跷着秀腿,支着香腮,直视着孟达。

柳如月:这十年,你过得怎么样啊?

孟达:十年,恍然一梦。

柳如月:(笑)想不到,还是这么抒情。转而问:你不抽烟吗?(顺手从茶几下拿出半盒烟)这还是你以前抽剩下的。

　　孟达：(感动)你还都保留着。

　　柳如月：不是保留,是尘封着。

32.窗外

　　窗台内,放着一盆盛开的小花;外,飞来一只麻雀,又飞来一只。两只麻雀,蓬松羽毛,叽叽喳喳。

　　远处,窗框中,城市像马赛克拼成的一张画布。

　　太阳的光晕下有云团在飘。

　　飞机隆隆的轰响四面贯穿而入。

　　一只麻雀一闪而逝,另一只走来走去,终于也倏忽而逝。

33.室内

　　柳如月和孟达静静看着窗台前的麻雀和花。

　　柳如月：它们俩像不像咱们俩？

　　孟达：像。

　　柳如月：是我让它们飞来的。

　　孟达：这超出了我的构思。

　　柳如月：不对,是情节的再生。

　　柳如月：(站起来)十年,才把你等回来。今天,我炒两个菜,咱们庆贺一下团聚。

　　孟达：(站起)我还得扫楼去。

柳如月：(戏说)一直还说你不爱工作，就爱写东西。瞧，头一天上班，就这么认真啊。

孟达：惭愧，生活所迫，不得已而为之。

柳如月：(不舍含情)那，晚上你过来。

孟达：(想了想，庄重答应)行。

34. 家中

一家人正在吃晚饭。饭桌上多了一道肉菜和一瓶二锅头酒。

龚心如脸上挂着笑容。

孟小柱：妈，我爸只是去给人家扫楼梯，你就这么高兴。

龚心如：(感叹)这可是你爸自从下岗以来走出的了不起的一步。

龚心如倒了一杯酒，放在孟达面前，又给夹了一筷子肉。

孟达把酒杯推开，执拗地又把肉夹回盘子。

龚心如：(扑哧笑了)怎么，还生我气呢？

孟达：不喝。我一会儿还有事。

龚心如：晚上了，还有什么事？

孟达：白天受苦，晚上，你总得给我点自由吧。

龚心如微笑的嘴唇慢慢抿住了。

35.柳如月家　夜

　　柳如月斜躺在沙发上,电视里正在演电视剧《手机》。

　　餐桌上放着一瓶白酒,用纱网罩着准备好的几盘菜。

　　门铃响,柳如月透过门镜看了一下,开了门。

　　孟达有点神经质地走进来。

　　柳如月:(怨嗔)这么晚!

　　孟达:没办法。(想起什么,哂)你咋也有了时间观念?

　　柳如月:(嫣然一笑)从今天上午开始。

　　孟达:好,好,更具生命力了。

　　孟达过去嗅了嗅桌上摆好的饭食,深情地看着柳如月。

36.家里　夜

　　孟小柱正在灯下学习。

　　龚心如悄无声息推门进来。

　　龚心如:(小声)快写完了吧?

　　孟小柱:(伸懒腰)还有几道没做呢。

　　龚心如:那就快点做,一会儿要停电。

　　孟小柱:妈,你咋知道?

　　龚心如:小区物业通知了。(要走,又回过身小声)妈跟他们说了,要停,也得等你把作业写完再停。

　　孟小柱会心地嘿嘿笑了。

37.柳如月家里　夜

　　一盏幽幽的吊灯下,几盘开吃的饭菜。

　　两人各端着一个工艺的长脚杯。

　　孟达:刚才,家里的酒我没喝。

　　柳如月:为啥?

　　孟达:我怕喝了酒,见不上你呢。

　　柳如月:有道理。

　　孟达:咱们今天不醉不休。

　　柳如月:(嫣然一笑)我就喜欢你这种豪气劲。

　　两杯相碰,孟达把半杯酒一饮而尽。

38.家里　夜

　　孟小柱把作业本往书包里一塞,出来,上了卫生间。

　　龚心如见了,把正看着的电视关了。

　　龚心如:儿子,把脚洗一下再睡。

　　孟小柱:(在卫生间)知道了。

39.柳如月家　夜

　　喝多了酒的孟达红眼看着柳如月。

柳如月双腮微红,娇色可人。

孟达:(慢慢低下了头)如月,我现在活得真潦倒。

柳如月:那是表象。你是精神贵族。

孟达:(抬头,盯着柳如月)太难了。我的精神也快垮了。觉得人生压抑得很,委屈,有时真想号啕大哭一场。

柳如月:(探手握住了孟达的手,心疼状)在我这里,想哭你就哭吧。

孟达:今天我不哭。

柳如月:那你跟我说。想什么说什么,我想听。

孟达:(长叹,缓缓摇头)好,如月。二十多年,一场文学梦,我醒不过来啊。

柳如月:为什么要醒来,这是一件多么美好的事。

孟达:美好的结局是悲哀。

柳如月若有所思。

孟达:(激动)天生我才,一片苦海。

柳如月:(喃喃)为什么会是悲哀呢?

突然停电了。一片漆黑。

孟达:怎么停电了?我去看看。

柳如月:算了,我准备了蜡烛。

一根,两根,三根蜡烛被点亮了。

40.楼梯道里　日

　　孟达穿着工作服,提着工具在扫楼梯。

　　墙上的楼层牌在换。三十层,二十八层,十九层。

　　孟达犹豫了一下,敲门,半天没有反应,转身准备走。

　　门无声地开了一道缝。拉大,门缝中夹着一个白发苍苍老奶奶的头。

　　老奶奶:你找谁呀?

　　孟达:我找柳如月?

　　老奶奶:你是谁?

　　孟达:我,我是。

　　老奶奶:你找她有什么事?

　　孟达:想问一下她,家里的电好了吗?

　　老奶奶:嗯(点了点头)你找错门了(门随之关上)。

　　孟达一个又一个敲门。所有门紧闭,他绝望地蜷缩在一层楼道口,目光茫然。

　　响起手机铃声。

41.办公室

　　龚心如:(拿着话筒)我中午回不去,有事。你早点回去,给娃把饭做了。

　　电话中:(半天)知道了。

龚心如:(训斥)有气无力。你饿死鬼啊。

电话已经挂断。

龚心如:哎呀,这,这……回去跟你算账(重重把电话压下去)。

42.小区门口

孟达光着脑袋往进走。

门房中的大个胖女人瞅着,笑了。

胖女人:哟,咋理了个秃子?

孟达:天热,凉快。

小卖部女人:(在门口嗑瓜子,搭话)秃子比乱头发好看。

孟达:好看?没想过(往前走去)。

胖女人:回来,也是的,一天问信,来了信又不问了。

孟达的脚步僵住了。

43.家里

门锁被从外急速地拧动,打不开,还在拧动。

小狗从里屋跑了出来,摇着尾巴吠。

门开了,孟达手里拿着一封信,慌急地闪了进来,用屁股关门,穿鞋走了两步,又退回去换了拖鞋。

进入书房,孟达把信往电脑桌前一丢,就那么死巴巴盯着。终于拿起来,两三下撕开,抽出一封电脑打印的信。

　　孟达看着信,手在不停地抖动。

　　一个玩世不恭的男人画外音:您好,来稿《尘封之梦》经我社编辑部审阅,认为有出版的潜质,只是小说中悲剧情节太浓,要是能阳光一些就好了。对此,您如果同意并自愿修改,请与我们联系……

44.柳如月家

　　门铃响着。稍停,又响。

　　柳如月慵懒地从餐桌上先端了杯水,喝了两口,去开门。

　　门开了,孟达怀疑地呆站在门外。

　　进到屋里,孟达用目光搜寻着。

　　柳如月:你找什么?

　　孟达:有一个白发老太太?

　　柳如月:那是对门住的。

　　孟达:噢(傻笑)。

　　柳如月怪怪地看着孟达。

　　孟达:(拿出那封信,狂热)如月,我们的命运之书,终于有机会出版了。

　　柳如月:(雀跃)是嘛,让我看看(接过信)。

　　两个人紧紧地拥抱在了一起。

45.街上

车水马龙,人流如织。

孟达和柳如月都换了一身行头,俨然影星一样的打扮。

两人拉着手,在人群中肆无忌惮地走着。

柳如月的衣袂和扬起的女式小包在空中飞舞。

孟达翩翩相随。

两人走进了一家西式餐馆。

46.餐馆

桌上放满了各种吃的。

服务员还迎面端着一盘东西。

柳如月深情地凝视着孟达。

孟达腼腆的脸红了。

柳如月:真为你高兴。

孟达:不对。是为咱们两个人高兴。

柳如月:(轻轻摇了摇头)你是河之源,我只是浪花。

孟达:你是我心血之莲花,是这个喜讯真正的载体。

柳如月:没有你,就没有我。

孟达:(大声)没有你,也没有我。

两个人同时哈哈大笑。

周围一片转向而来的目光。

孟达:多好的话剧对白。

柳如月:是诗。

47.柳如月家

纱帘轻掩,光色幽幽。

孟达紧拥柳如月,碎步晃动,如痴如梦。

孟达:如月,你身上的香味真好闻。

柳如月:你的味也好闻。

孟达:不好。我的有点苦。

柳如月:苦丁香。

孟达:如月,我爱你。

柳如月:(幽幽地叹了一声)爱我,就给我新的生命。

孟达:一定给你。

两个人转到卧室,滚到床上。

阳台上,一盆兰花盛开得很妖艳,像笑着。

48.卧室

孟达和柳如月并躺在床上。

柳如月长发松散,孟达秃头锃亮。

柳如月:真正的阳光一定很刺目。

孟达:不,很温煦。

柳如月:像你的目光。

孟达:(含情脉脉)也像你的目光。

柳如月神往的表情。

49.家里　傍晚

龚心如提一包东西推门进来。

龚心如倚在书房门口,看着孟达的秃顶,一脸耻笑。

孟达抬起头看着龚心如。

龚心如:又在散德呢?

孟达没有言语。

龚心如:散完了没?

孟达僵硬地坐着。

龚心如:散完了,还不往起走。

孟达没有动,脸色发青,秃顶上头皮在动。

龚心如探手把电源给关了。

孟达:(怒,站起)你!

50.公交车上　夜

孟达彳亍而行,挤上一辆夜公交。

高楼,城墙,灯笼,霓虹灯招牌,车流迎面而来,又逝向后方。

乘客越走越少,孟达在座椅上睡着了。

柳如月上车,坐在孟达旁边。

公交报出了终点站。

孟达被驾驶员给叫醒下了车。

柳如月紧跟着。

51.街上　夜

孟达和柳如月在一条繁华的街道上走着。

柳如月:你不该赌气出来。

孟达:(一腔怨气)不出来,难道让我跟她吵架?

柳如月:为什么不告诉她出书的事?

孟达:告诉了也没用。

街边上有一排木头座椅,左边,一对情侣依偎着,右边,躺着一个民工一样的中年人,中间空着一段位置,孟达和柳如月走过去坐下。

一个人影蹿了上来,拿一块表,鬼鬼祟祟。

黑影:要吗,真货,偷来的,绝对便宜。

孟达:不要。我没钱。

黑影转眼消失了。

孟达:这些年,我坚持着,可就是写不成功一篇东西。她早就不相信我了,想着法子反对我写作,认为我写的东西连一堆臭狗屎都不如。

柳如月:你这是气话。

孟达:(颤音)真的。

孟达把头偎进柳如月的怀里,无声地抽搐着。

52.城墙根　夜

孟达和柳如月在树影中走。

城墙角上,月色朦胧,有夜蝙蝠在飞。

风起处,垂柳婀娜。

护城河泛着水光。

孟达和柳如月相拥而坐,睡着了。

夜色褪去,黎明而至。

53.高楼门口　日

孟达动作缓慢地在换工作服,不时捂住嘴咳嗽几声。

瘦大嫂:生病了?

孟达:没事。

瘦大嫂:脸色不好看。

孟达勉强笑笑,又咳。

瘦大嫂:病了,就回去吧。今天的活,我替你干。

孟达:我真的没事。

瘦大嫂:咱们都是平头老百姓,没人关心咱们,咱们就互相多关心吧。

孟达勉强出一个微笑。

瘦大嫂:真没事?那,我过去了(提东西离开)。

孟达仰看高楼,头晕,天旋地转,扶住门墙走向电梯口。

54.柳如月家　日　夏

柳如月开门,孟达跌撞而入。

柳如月:刚回去,咋又来了?

孟达:我离不开你。

柳如月:(摸孟达额头)发烧了。来,快躺下。

孟达:不躺。我要跟你说话。

柳如月:(嗔)一晚上还没说够啊。

孟达:永远都不够。

柳如月扶孟达坐在沙发上,倒了一杯茶水。

水中,清茶如鱼旋转飘逸。

柳如月:你太累了。太累,身体会闹毛病。

孟达:我要对你有个交代。

柳如月:为什么这么想?

孟达:出版社的要求,比创作本身还难。我要把精力投入进去,就没时间关心你了。

柳如月:你傻。这是你梦寐以求的机会。修改一份扑面而来的希望才是当务之急。(手在孟达的光头上爱抚着)再说,我喜欢无尽版的人生。

孟达:万物都有始终。(迟疑而缓慢)我是怕,万一。

柳如月坐在孟达的怀里,捂住了他的嘴。

柳如月:答应我。再不许提这两个字。

孟达:(语气低沉)我的宿命是一杯苦酒,不见爱于这个世界,天地会饮的。

柳如月的眼睛红了,泪珠扑簌而下。

55.高楼门口

孟达躺倒在楼门口,双眼紧闭。

楼门口有人进,有人出,有人绕着走,有人贴近看。

老太太:这人,石头板上睡觉,还不睡坏了。

中年妇女:好像是打扫楼梯的那个人。

孩子:(小女孩蹲了下来)他好像生病了。

老太太:哎哟,那得找人来看一下啊。

中年妇女:可不能死在这门口。(跑到楼台底下,冲远处招手)保安,快过来。这里有个人死了。

老太太:(不满意地咕哝)还没看呢,咋就说是死了。真是的。

两个保安一前一后跑过来。

孟达迷茫地睁开了眼睛,往上盯着看了一下,身子一抖。

孩子:(站起来)他活啦。

中年妇女:(应声)咋这么快就又活了?

56.家门口

孟达穿黄色工作服,扶着墙,勉强上两个台阶歇一会儿。

到了家门口,孟达满头虚汗。他用钥匙开门,手上没劲,失败了几次。

57.家里

门打开,孟达头重脚轻地进来,端起杯子喝了几口,挪到沙发边,身体重重地跌下去。

小狗吠了两声走开了。

墙上石英钟在走,铮铮之声非常清晰。

家里光线在变,窗外传来远处的报时钟声。

孟小柱:(开门进来,边换鞋边嚷)爸,你咋还睡着,没给我做饭啊。(孟达一动不动)。爸,你还睡啊?(有点生气,过去把孟达挡在头上的胳膊拉了开来)。

孟达牙关紧咬,面色青紫,处在半昏迷状态。

孟小柱:(连声)爸,爸,爸(跑过去,拿起电话就拨)。

58.一居民小区院里

龚心如和几个办事处的女同事,胳膊上戴着红布箍子,正在用大喇叭做宣传。

龚心如:办事处为广大居民服务,免费发放蟑螂药。请大家到大门口领取,明天,各家各户统一行动。我们要打一场小区蟑螂的歼灭战……

龚心如胳膊肘挎的黑提包里,手机在一遍又一遍响着。

同事:老龚,你的手机响呢。

龚心如停了喊话,从包里拿出了手机,看了一眼接通。

59.家里

孟小柱:(哭音)妈。你快回来。我爸病了。

电话中:死了我也不管他。

孟小柱:我爸现在都昏迷不醒了。

电话中:胡说,看是不是睡着了?

孟小柱:真的昏迷了,你快点回来。

电话中:你爸给你做饭没有?

孟小柱:我爸都这样了,你还问这个事。

电话中:这么说是真的了?

电话:(挂断间隙)唉,这是咋了,我上辈子是做了啥孽事了啊。

60.医院里

孟达眼睛紧闭,躺在病床上。

病床旁边,输液的吊瓶正在点滴。

龚心如坐在一边的椅子上,心事重重地看着孟达。

孟小柱急急忙忙跑了进来。

孟小柱:妈,我爸没事吧?

龚心如:你咋又跑来了,这不是要迟到了嘛!快点到学校去。

孟小柱:你还没给我说呢。

龚心如:没事,大夫说是着凉了。

孟小柱:(贴近床边,深情地看着孟达)妈,你看,我爸睡着还挺安详的。

龚心如:呸!什么安详,死人才安详呢!

孟小柱:(嘿笑)妈,我去学校了。

龚心如:慢点,过马路小心。

孟小柱:(出门而去)知道啦。

61.医院里　夜

孟达处在靠窗的边角位置。

柳如月抱着一束蓝色妖姬,拘束而又胆怯地走进来张望辨认。

孟达:(招手)如月,我在这呢。

柳如月近前,递上花,脸上灿出了甜笑。

柳如月:(嗔)看,不听话,把自己累进病房了吧?

孟达:(嬉笑)我活这么大,还没住过院。这回,算体验一下生活。

柳如月:你倒想得开。

孟达:其实,我骨子里有佛的因子。

柳如月:(坐在椅子上)我知道,你就是一尊梦幻佛。

孟达(兴奋,坐直身子)知我者,如月也。

柳如月:没办法,谁让我就活在你的骨子里呢。

62.医院走廊里　夜

龚心如拿着纸单在算账,边走边咕哝,脚步缓下来。

龚心如:(自语)着了点凉,用这么贵的药啊(到了病房门口,推开门又回头走了)。

63.病房里　夜

柳如月:(剥香蕉递给孟达)以后,你要多吃东西,多休息,要学会爱护自己。

孟达:我从小胃口就不好,吃饭不香。

柳如月:那也要吃。

孟达:休息,难呐。太多的幻想在吃我。

柳如月:那,我也是不是在吃你?

孟达:你例外,是我在吃你。

旁边病床上,一个眼睛和头都被包住的病人,很专注地听着,露在外边的下颏,因为窃听而抖动着。

龚心如推门进来。

柳如月本能地从椅子上站起来，躲身到窗台边。

孟达嘴里咀嚼着香蕉，把花放在了边上的茶几上。

龚心如：(目中无人，把单子递给孟达)现在的医院太黑了。

孟达：咋这么多？

龚心如：人家说，你的病危险，给你用好药了。

孟达：(顿)我想现在就出院。

龚心如：你省点心吧。现在出院，也给算一天。

孟达：唉，你就不应该把我送来这里。

龚心如：怨我？怨你自己吧。(见孟达无语)我不送你来，你那儿子敢把我吃了。

孟达脸上荡出一丝幸福的笑容。

64.小区门口　日

出租车离开，龚心如搀着孟达从车里出来，一步步往小区里边走。

胖女人站在收发室门口看。

小卖部门口，女老板嗑着瓜子，目光追随走过去的孟达夫妇。

胖女人：她丈夫是啥病？咋昨天住院，今天就回来了？

女老板：可能不当紧吧。

胖女人：这两口子，我从来就没见在一块走过。今天，太阳从西边出来了。

女老板：夫妻嘛，一患难就走在一块了。

有人要买东西，女老板回了门市部。

65.家里

龚心如给斜躺在沙发上的孟达往下脱外裤。

孟达：我自己脱。

龚心如：省点劲吧。只要你能给我省两个钱，我就叫你爷爷了。

孟达：（咕哝）病又不由人。

龚心如：你这不是生病，你是给我示威呢。

孟达眨着眼任由支配。龚心如有气，用力一揪，裤子烂了。

龚心如：哎哟，气死我了（扔一边，坐沙发上拍胸长吁）。

66.家里　夜

桌上餐具还没收拾。

龚心如坐着，喝着碗里的热水，吸溜一口，声音很大。

孟小柱在沙发上看电视。

龚心如：一会把外套换了，妈晚上洗衣服。

孟小柱:哦(继续看)。

龚心如:知道吗?你爸住了一天院,就花了五百多块钱。

孟小柱:妈,你心疼了?

龚心如:那还用说。我一个月挣两千多。加上你爸那几百块失业金。一家子生活,可是经不起一点点折腾。

孟小柱:那你以后不要跟我爸生气,不就行了。

龚心如:哎哟,你个小东西,还替你老子说话啊。

孟小柱没吱声。

龚心如:你看你爸现在都成甚了,整个大烟鬼一样,每天就知道在电脑上,写那些狗屁不是的东西。我要是不管,他迟早会死在那上面的。

67.街上　夜

柳如月:(在打手机)你好点没?

电话中:(孟达)好多了,就是有点软。

柳如月:我不放心,想去你家。

电话中:现在?我可经不起你咬。

柳如月扑哧一声笑了。

68.家里　夜

卫生间,洗衣机在转动。

龚心如在掏孟达上衣口袋,取出几块钱,一张公交卡,还有那封出版社的信。

龚心如把信撇到一边,湿手搓着几块钱,皱眉。

卧室灰暗,孟达躺在被窝里睡着了。

龚心如突然拉亮了灯。

孟达:(猛地一惊,眼神惊恐)人家正打电话呢,你拉灯干甚?

龚心如:打你个头。(语气温柔一些)说胡话了,是不是又烧开了(把手摸向孟达额头)。

孟达躲了一下,长出一口气。

龚心如:你是个活死人,还是成心往死气我呢?

孟达:又咋了?

龚心如:给你说过多次了,家里的钱就在床头底下压着,你为甚不拿呢?

孟达:我有。

龚心如:就那几块钱!

孟达:你搜我的兜了?

龚心如:我才懒得搜。我是要洗衣裳了。

孟达:哎呀,有一封出版社的信,你没给我洗了吧?

龚心如:洗了。

孟达一急,从床上就往起爬。

龚心如:行了,我给你掏出来了。

69.卧室　夜

窗外,蝉声如吟。

灯光柔弱,窗帘垂地,陈旧但还整洁的卧室。

龚心如和孟达躺在被窝里。

床头小柜上放着那封出版社的信。

龚心如:出版社给你出书,能挣多少钱?

孟达:不知道。

龚心如:人家不会骗你吧?

孟达:为啥要骗我?

龚心如:那咋信上没有公章?

孟达:大概编辑和作者写信,都不用盖那东西吧。

龚心如:(想了想)你要是真能出了书,那你以后爱咋写咋写,我再不管你了。(见孟达笑)笑什么,我就是这么现实。不像你,把做梦当日子过呢。

孟达:(讽刺)这就是咱们俩之间最大的沟壑。睡吧。我又想做梦了。

龚心如:我话还没说完呢。

孟达:(翻身)还有啥呢?

龚心如:我丑话说在前头,要是还出不了,你就死心塌地,咱们过普通人的日子,再不写那些烂东西了。

孟达半天没吱声。

70.柳如月家　夜

孟达和柳如月躺在床上。

柳如月:嫂子那个人其实挺不错。

孟达:咋想起提她!

柳如月:你们的对话我都听见了。

孟达:你还用听见?

柳如月:当然了。不听见我怎么会知道。

孟达:你还知道什么?

柳如月:我还知道,你呀,其实很爱她的。(支起身子)老实说,我说得对不对?

孟达:她就是那种刀子嘴、豆腐心的人。

柳如月:那你还跟她生气?

孟达:有时,我也有不对。

柳如月:这就对了。

71.高楼楼道内　日

孟达穿着大裤衩,光着膀子,满脸是汗地在扫楼梯。他歇下,喝了一口自带的水,翻动一个挎包,里边有工作服,还有一叠打印成册的稿子。他投入地看着,不时用笔在上面圈点和写着什么。

上面楼道呼地冲下一只大狼狗。

孟达吓得浑身一哆嗦,啊呀一声,赶紧站了起来。

大狼狗视若无人,顺着楼梯跑下去了。

孟达静了静心,爬到窗前向下看。

楼下,大狼狗已经穿出楼道,跟两个年轻人耍在一起。

72.家里

孟达坐在电脑前,双手在键盘上平放,表情专注地在修改文章。

龚心如:(推开门,站在门口)你的书还得多长时间能出来?

孟达:不知道。改写完再看了。

龚心如离开书房门口。

73.家里　夜

孟达还坐在电脑前在改写文章。

龚心如:(站在门口)我给你说,那份扫楼梯的工作,还是我花了五百块钱,给人家送了两条烟才争取来的。你不能因为写那烂东西,把活儿给人家误了。(见孟达不睬)不要小看那八百块钱。这几个月,我觉得家里的生活好安排多了。(见孟达仍然不理睬,声突然大起来)你活死人啊(掉头走开)。

74.高楼楼道　日

孟达身边,扫帚、土盘、工作服、水壶乱摆着。他背靠墙壁,双腿在前,支着稿子在看,在改。

楼层显示:三十层。

孟达有点发呆地想着什么。

柳如月从电梯中走了出来。

孟达:(迷惘)如月。

柳如月:(撒娇)这么多天,闷死我了。(埋怨)你到了门口,也不来找我。

孟达:我分不开心。

柳如月:(莞尔一笑)稿子改得怎么样了?

孟达:有点难。由悲剧而喜剧的转换,需要伤筋动骨才能完成。

柳如月:让一个本身属于悲剧的种子,写出喜剧的浪漫,除非是苦中作乐。

孟达:(眉飞色舞)你说得太对了。削足适履,我越改越觉得扭曲的痛苦。有时真想放弃。

柳如月:不要轻言放弃。(拉住孟达手)看把你可怜的。走,到家里歇一会儿。

75.柳如月家

几叶绿茶在杯子里旋转升降着。

窗台前,小花已经谢去。窗台外,两只麻雀先后飞落而下,宁静地向里窥视着。

柳如月云发微挽,穿一身夏衫,端一盘西瓜放在茶几上。

孟达发呆地看着。

柳如月:看什么,不认识了?

孟达:艺术的美是美的最高境界。我理解这句话了。

柳如月:你的美在升华,我却在颓废。

孟达:怎么这么说?

柳如月:你忙着改文章,我每天就这么闲着,闲着,都快雾化了。

孟达:(小声)对不起。

柳如月:(笑)没事。我是有点太想你了。

孟达站了起来,两个人情不自禁地拥抱在了一起。

窗前,两只麻雀笑着飞走了。

76.小区院门口

树叶有些黄了,路边花草也有些衰败。

孟达一头乱发,光膀子,穿一大裤衩,拖拉着人字拖鞋来到小卖部,要了一包烟,当场撕开,取出一根燃着吸了两口。

女老板:记账,还是付钱?

孟达:再记下吧。完了,我给你还。不要跟我老婆要。

女老板：(笑)那你自觉点。不要让我催啊。

孟达抽着烟往回走，半道又折了回来，走出大门口。

77.公交站点　日　秋

孟达来到了公交站点前。

车辆往来，人群集散。

一趟公交驶过来。

孟达把烟屁股扔到地上，用脚踩了两踩。

车停，柳如月优雅地走出车门。

孟达迎了上去。

78.小区院门口

孟达和柳如月大大方方走进大门。

女老板跟着一个顾客出来，站在门口，目光平淡地看着。胖女人也看着，她们谁都没有说话。

孟达牵住了柳如月的手，会心地笑了。

79.家门口

门外，孟达用钥匙开门。

小狗欢欢的叫声隔了门传出来。

柳如月躲在了孟达的身后。

孟达：(微笑)怕了？

柳如月：头一次来你家，有点紧张。还有这狗叫。

孟达：看来，我让你太淑女化了。

柳如月：难道不好？

孟达正欲说话，门开了。

80.家里

孟达和柳如月一前一后走了进来。

小狗吠着，摇尾，又吠。

柳如月：好可爱的小狗。

小狗不吠了，蹲在门口处，盯着柳如月看。

孟达：一只无人认领的狗，办事处收回后，龚心如领回来的。

柳如月：给它起名没？

孟达：儿子给起了个名字，叫欢欢。

柳如月：这个名字好，我也喜欢。(蹲下身子，伸出双手)欢欢，欢欢，过来。

小狗张大嘴，带出哈欠的样子，然后摇了摇头，大摇大摆地走开了。

孟达：(换拖鞋)喜欢，那我完了送你一只。

柳如月：我要一模一样的。

孟达微笑不语。

柳如月：(扫描屋子)嫂子把家收拾得挺干净。

孟达：她有洁癖。

柳如月:哎哟,这个我没想到。(走到了书房门口,倚门而站)这就是你的梦巢?

孟达:(不好意思)你还不如说是狗窝呢。

柳如月:不要这样自贬。虽然乱了一点,但满屋精神。

孟达:(开怀笑)如月,你真是我生命中的一袭灵气。

柳如月:(一本正经)光有灵气不行。将来,你还要给我血肉。

孟达笑得有点喘不过气来。

柳如月:(追问)给不给?

孟达勉:(止住笑)给,给,一定给你。

柳如月用手抚摩着老式电脑,纤指划过键盘,电脑起动了。

柳如月:我一直都想看一看你做梦的样子。

孟达:龚心月看到过,说像个白痴。

柳如月:(笑)那说明她是一个不懂得梦幻之美的人。

电脑开始起动,XP系统音乐声起。

孟达坐在了电脑前,双手在键盘上轻巧地跳舞。

柳如月也把一双素手加了上去,两只手合在一起。

两双手指的舞蹈中,贝多芬《命运交响乐》的钢琴声轰然而响。

81.街道上　傍晚

龚心如和一位同事顺着街道在走。

龚心如:这每天吃甚饭,都把人愁死了。

同事:没钱嘛。有钱,天天下饭馆,就不用愁了。

龚心如:你老公最近生意做得怎么样?

同事:不要提他,一提我就满肚子气。

龚心如:咋啦?

82.小区门口　傍晚

龚心如跟同事分手,拐进了自家小区。

门口,树木在凋零,花草已经败得没什么可看了。

龚心如想起什么,站在路边打手机。

83.屋里

孟达在电脑前静思,十指敲击键盘。

柳如月幸福地欣赏着。

电话铃响。

柳如月一紧张,孟达猛地想起了什么。

孟达:(边往起站)几点了?(看了一下电脑)坏了,我忘了做事了(跑过去接起电话)。

电话中:(龚心如声音)菜买回去了没?

孟达:(迟疑)我忙得忘了。

电话中:忙个屁,我看你是老毛病又犯了。

孟达:那我现在下去买。

电话中:行了,不要散德了。

孟达:(挂断,发呆)不能写了,我得做家务了。

柳如月:这么好的灵感,停下来太可惜了。

孟达:没办法,小不忍则乱大谋。

柳如月:那我走了。

孟达有点不舍地点了点头。

84.高楼下

孟达拿着清扫工具,工作服里不时有东西一动又一动。

到楼门口,孟达仰望高楼,眩晕。

柳如月窗外挂着一袭红丝绸,在随风曼舞。

85.柳如月家

孟达进门就迫不及待地从工作服里掏出一只小狗。

小狗跟欢欢非常相像,显得更灵气一些。

柳如月:(高兴,抱在怀里抚摸狗毛)这么快你就弄到了。

孟达:自产自销,心随意到。

柳如月抱着狗冲孟达亲了一口。

孟达:名字你想好了没有?

柳如月:其实,你说送我一只的时候,我就有了。

孟达开始脱身上的工作服。

柳如月:那只叫欢欢,这只就叫喜喜。你觉得怎么样?

孟达:(自语)欢欢喜喜。(点头)嗯,挺好。

柳如月把小狗放在了地上。

小狗颠颠地往窗前跑去。

窗前,那一盆花草生机盎然地孕育着新的花蕾。两只麻雀又飘然而落。

86.柳如月卧室中

垂地的纱窗轻舞,阳光透过纱窗射进来,斑斑点点。

床头边上,新插的花草。床上,温馨的床套。

传出流水声,还夹杂着两个人的洗漱声。

柳如月声音:再好的宫殿,也不如自己的家好。这绝对是一个真理。

孟达声音:家是人灵魂的另一层皮肤。

柳如月声音:又抒情了。

孟达声音:跟你在一起,我觉得自己就是一江春水。

柳如月声音:那我要逆流而上。

马桶冲水声。

柳如月和孟达浴巾睡袍,面貌大变,牵手进来。

87.一片树林中

郊外,一片树林中,落叶萧萧。

孟达牵手柳如月,领着小狗,享受温情的踏秋之旅。

远处,有农人在收割苞米秆。

柳如月脱开孟达的手,抱住了一棵树杆,旋转。孟达孩子一样绕圈追着。小狗也加了进来。天地都在旋转,两人一起躺倒在厚厚的落叶上,仰望树冠,天空。

孟达:眩晕即抽象。

柳如月:错,是抽象即眩晕。

两个人哈哈地笑。

静下来,有风吹过树枝的声响,夹杂落叶吻地的微声。

孟达:生命的美,在于永恒的愿望。

柳如月:那你的愿望是什么?

孟达:你先说。

柳如月:我很简单。像现在这样,跟你一起,永生永世地爱。

孟达想起了什么,目光迷离。

柳如月静静地伴着。

88.公交车上

柳如月把头倚在孟达的肩膀上。

柳如月:(小声)稿子快改完了吧?

孟达:嗯,快了。

柳如月:我有点等不及了。

孟达:我在赶,时间太难往出挤了。

柳如月:可惜,我帮不上你。

孟达:我真想把那份工作给辞了。

89.家里　傍晚

厨房中,龚心如在做饭,孟达帮着择菜。

龚心如:什么,你想辞职?

孟达:我想静心把稿子往完赶一下。

龚心如:你脑子进水了,还是让门夹了。

孟达脸色顿时黑了下来。

龚心如：别给你点颜色你就开染房啊。我给你说,那什么烂书的事,我根本就不相信。我只相信每个月那八百块钱。拿在手里,我就觉得心里踏实。(见孟达不吱声)。你不但不能辞职,你还要好好给人家干。说不定什么时候,就给你们长工资了。

孟达虎着脸把择好的菜往水池中一扔。

90.一处公交站点

一队婚车挡住了道路。往来车辆,拥挤更甚。众多喇叭在鸣。

一片又一片树叶,在风中飘落着。

孟达牵着柳如月的手站在等车人的外围。

龚心如从车上下来。

孟达和柳如月本能地松开了手。

龚心如没有看见,自顾走了。

91.街道上

并排而行,柳如月吃吃地笑。

孟达:你笑什么呢?

柳如月:我笑你。刚才为啥突然就不敢拉我的手了?

孟达:是你先松开的。

柳如月:不是,是你先松开的。

柳如月笑着往前跑了。

孟达追了上去。

92.家里

孟达在电脑前改写作品。

柳如月坐在后边的椅子上,看着一叠书稿。

孟达展了一下懒腰。

柳如月:累了?

孟达:说不累是假的。

柳如月:起来活动一下。

孟达:你不累?

柳如月:累是个什么感觉?

孟达哈哈笑了。

93.柳如月家

孟达和柳如月躺在床上。

孟达抽着烟。柳如月被呛得轻咳了两声。

孟达:是真呛,还是演戏?

柳如月:真呛。

孟达:我不信。

柳如月:我自己也不信,可就是闻见辣呛辣呛的。

孟达把烟摁灭在床头的烟灰缸中。

孟达:以后,跟你在一起,我再也不抽了。

柳如月:我可没反对啊。

孟达:我不能破坏你这种难得的真实。

柳如月感动得一把抱住孟达的脖子。

94.高楼楼道　夜

　　孟达拉柳如月走出电梯,顺着楼梯上到那个通向楼顶的门口。

　　孟达和柳如月互看了看,打开了虚挂的锁头。

95.楼顶上　夜

　　楼顶上有点昏暗,从地面映上来的光,在楼边的防护墙上,虚出线条和光影。

　　孟达牵着柳如月的手,小心翼翼地来到了防护墙边向外探身看。

　　柳如月有点胆怯,不敢靠向前去。

　　俯视,楼下大门口上,有保安在执勤,有人在出入。

　　孟达:如月,你看。

　　柳如月:我不敢。

　　孟达:(回过头)你不应该害怕呀!

　　柳如月:过去不怕。现在,我真有点害怕(往前靠,紧挨着孟达)。

　　孟达用手揽住柳如月的腰,一起向下俯视。

　　柳如月:(战战兢兢)你一点儿都不怕?

　　孟达:不怕。

　　柳如月受到鼓舞,双手举了起来。

　　孟达:(放手,鼓励)这就对了。

柳如月细长柔软的胳膊,在光影中舞蹈出优美的造型。

孟达跟着舞蹈起来。

城市的东边,半轮月亮。天空中,星星亮得悄无声息。

两人坐拥在楼顶上,静静地看着月亮。

孟达:如月,你最近怎么了?变得很敏感。

柳如月:是吗?

孟达:你有点超越我的想象了。

柳如月:才不是呢。全都是受你的感染。你紧张,我才会紧张。

孟达:可刚才我不怕,你却害怕。

柳如月:那是因为人家是女同志嘛!

孟达嘿嘿笑了。

柳如月:(片刻)你的稿子快改完了吧?

孟达:快了。主要是时间挤不出来。

柳如月:改完了,我就能告诉你一个秘密了。

孟达:你对我也有秘密?

柳如月:当然有了。

孟达:那你现在就说。

柳如月:不。这是我们女人的秘密。

一个巨大的黑乎乎的东西在两人身后膨胀,几次欲动作,又都收住了。终于,黑影一下子把两个人举了起来,抛向了楼下。

孟达和柳如月惊叫着坠落。

96.卧室中　深夜

孟达:(从床上忽地坐起)如月,如月。

龚心如拉亮了床头灯。

孟达一脸冷汗珠,双眼惊恐地寻找着什么。

龚心如:(埋怨)你抽风啊!深更半夜的,死声叫唤甚呢。

孟达:做了个噩梦(人软软躺回被窝)。

龚心如:(关灯,翻身睡下)如月是谁?

孟达:谁是谁?

龚心如:(没好气)刚才你撕心裂肺叫的那个名字。

孟达:梦里的事,我咋能知道。

画面在灰暗中淡出。

97.高楼小区　晨

孟达仰望,看不到楼上那一袭飘动的红丝绸。他独自走上了高楼顶,打了个哆嗦,茫然四顾着。

高楼林立而错乱,初升太阳在撕裂着天际。

98.高楼楼道

孟达用力摁电梯键,顺着楼梯向下跑,扶住扶手喘息,十九层,急迫敲门。

　　门开了,门缝中又是前面出现过的白发老太太。

　　老太太:你找柳如月?

　　孟达:对。对。我是找她。对不起,又敲错门了。

　　老太太:她家楼号是多少?

　　孟达:十九楼三号。

　　老太太:对头。就是这个号。我们家就是这个号,就是没有这个人。

　　孟达:(讪讪)对不起。我可能记错了(回头看对面的屋门)。

　　门上贴着胶塑料,挂着尘灰,根本没有人住的样子。

99.公交站点　　日　阴

　　孟达失魂落魄地走来,公交车紧贴他身边危险地开过。

　　站前是等车、卖小吃、赶路的人……

　　路边大树残留的黄叶在飘落,萧瑟凸显落败的深秋。

100.家里书房

　　孟达在电脑前打字,抽烟的手指在颤抖。

　　小狗欢欢在孟达双腿间转悠。

孟达:喜喜(抱起小狗端详,自语)喜喜？欢欢？(放下小狗,神思恍忽地看)。

小狗要跑开,孟达又一次抓住并抱了起来。

孟达:(喃喃)喜喜还是欢欢,欢欢还是喜喜？

小狗又吠了两声。

101. 书房　夜

孟达在电脑前打字。

书房的门紧闭着,窗外传进来雨水的声音。

102. 书房　晨

孟达爬在电脑前睡着了。

龚心如:(推门进来,恨恨盯视,推了一把孟达)往起走,不知死活的东西。写死你。(孟达没有醒来)叫你呢,没听见？

孟达茫然抬起了头,懵懵懂懂。

龚心如:你以后要是开上电脑,费上电,爬在这睡觉,散德,那你还是给我省点吧！

孟达揉了揉眼睛,站起来去了卫生间。

龚心如:(收拾家,边喊问)哎,你那个烂东西多会能完？

传出孟达咳痰的声音。

龚心如:哎,你给我听着,赶紧往完弄啊。要不,你趁早不要弄了,弄了也是瞎弄。

传出冲马桶水声。

龚心如:你几天没去给人家打扫卫生了?

孟达声音:昨天我还去的。

龚心如:反正啊,你给人家好好干。要是把这么份工作丢了,那我也不要你了。

103. 书房　夜　冬　雪

孟达在电脑上敲下最后几个字后,向椅背上一靠,双臂展开伸了个懒腰。

孟达:(骂)你奶奶的,终于弄完了(长吁,站起来)。

孟达打开紧闭的窗户,冷气带着雪花冲进来。

窗外,落雪纷纷。窗台沿上凝结了白白一层。

孟达:哈,下雪了。

104. 街道上　夜　雪

孟达走在雪地里,由正走转而倒走,目光四处搜寻着什么。

路灯下,雪花飞舞,树木披上了雪花,街道上有偶尔驶过的车和稀落的夜行人。

从一家夜宵店走出一个罩头巾的女人,看上去与柳如月相像。

孟达小跑过去。

女人紧张地打了一辆出租走了。

孟达:(站着半天没有动。双手搭成喇叭状,旋转身子,放出长长的呼唤)如月……

城市在喊声中微微地颤动。

105.家里　晨

龚心如穿好大衣,提一个黑色包准备去上班。

孟达:我要用一百块钱。

龚心如:用,你去拿呀。问我干甚。

孟达:我给你说一声。稿子改完了,我想拿出去打印,再给出版社寄去。

龚心如:(不热心)寄也是白寄(开门走了)。

孟达脸上的表情冷了下来。

106.街道上　阴

马路上落雪开始化去,车辆辗着带泥的雪水。

孟达低头路过自家小区门口,没有进去,而是径直走向了公交站点。

107.站点上

街道上的行人挺多,夹杂着车辆。

孟达束着身子站在就近的一处墙角,抽着烟,眼睛不时瞥向过来的公交车。

108.高楼楼道
　　孟达拿着清扫工具,站在十九层过道。
　　门开了,一如前面,老太太从门缝中看孟达。
　　老太太:找到那个如月了吗?(孟达摇头)。这世界上最难找的就是心仪的人啊。(孟达笑了。关门同时,丢出一句)人只有用心才能找到人(话音在楼道回荡)。

109.孟达家楼道里
　　孟达两个台阶并作一步,顺着楼梯往上爬。

110.家里
　　电脑起动,孟达一屁股坐在电脑椅上,等着。
　　电脑进入了窗口,孟达双手发抖,十指有点痉挛地放在键盘上,却一下子不敢动了。
　　矛盾中,孟达把电脑又关上了。

111.卧室
　　孟达重重地摔在了床上,盯着屋顶看。
　　老太太声音:(回响)人只有用心才能找到人。
　　孟达眼皮慢慢合上,挤出两滴泪。

112.梦　童年　柳树下

　　静音,梦幻的画面状态。

　　窑洞门外,一棵长势高大的柳树,细长的柳叶吐着梦幻光泽。

　　孟达攀爬接近一个喜鹊窝。两只喜鹊在枝头急急地跳来跳去。

　　树干断裂,小孟达的头在树干上磕碰后向下跌去。

　　小孟达重重跌下,一片金色星星绕着大树在飞,散开在树叶间,与柳叶梦幻之光交融在了一起。

　　星星在树冠下浮游,幻化出柳如月和小孟达。

　　跑来了母亲,抱起不省人事的孟达在呼唤。

　　虚影柳如月双手捧着孟达缓缓降落。

　　孟达专注而依恋地看着柳如月。

　　柳如月笑了,把小孟达的光影轻轻一放。

　　母亲怀里的小孟达哇地哭出声来。

　　母亲和小孟达向着柳树磕头。

　　幻影柳如月挥手与小孟达道别,微笑升起。

113.梦　童年　麦田中

　　硕大的月亮下,小孟达在奔跑,脚下一绊跌倒在树下。

　　柳如月一身素白,似有若无,飘然落下。

孟达:(翻过身,安静地看着)是你救了我吗?

　　柳如月摇头,微笑,飘逸。

　　孟达:你是仙女吗?

　　柳如月:你说呢。

　　孟达:我说你就是仙女。

　　柳如月:你想不想跟仙女走啊?

　　孟达:想(伸出双手)。

　　柳如月抓住小孟达双手飞到空中。

　　大地以圆弧形态,山野像一幅优美的油画。

114. 梦　青年　窑洞中　夜

　　一盏橘黄的电灯下,青年孟达坐在小桌前写着什么。

　　柳如月:(光影显现)在写什么?

　　孟达:写一篇关于咱们俩的小说。

　　柳如月掩嘴笑了。

　　孟达陶醉在想象中,兴奋得挥笔疾书。

115. 梦　青年　日　外　春

　　孟达拿着书稿,站在柳树下大声地念。

　　孟达:……我知道,那一跌,让我和姐姐融合在了一起。姐姐成为我生命的一部分。

　　几个小孩子各有姿势,站在墙根下吃吃地笑。

有一个小女孩把手吮在嘴里。

柳树叶折射阳光的晶亮。

柳如月隐于树叶之中,甜甜地笑着。

孟达:……我在一天天长大,姐姐不老,她永远是那么青春,那么甜美……

透明的柳如月绕着树冠在飞天。

孟达:……我爱姐姐。

大柳树枝条和枝干几乎同时像伞一样展了开来。

116.梦　青年　夜　单色调

月光下,孟达双臂抱定大柳树干,静静地一动不动。

树身突然抖动,落下一大群叶子。

柳如月自落叶中恍惚而出,站在孟达身后,拍了拍他的肩膀。

孟达回身紧紧抱住柳如月。

柳如月:出去上学是好事,这是你的人生之路。姐姐祝福你。

孟达:我不想跟你分开。

柳如月:咱们永远不分开。

孟达:真的?

柳如月:真的。

孟达:那我明天走了,你能跟我一起走吗?

柳如月笑而不语。

孟达:(固执地)能一起走吗?

柳如月:能。

117.梦　青年　窑洞内外　夜

孟达睡在炕头上,身子在抽动。

洞壁上映着汹汹的火光。哔剥声,夹杂着人的嚷嚷声。

孟达醒了过来,傻了片刻,翻身下炕,跑出门外。

大柳树在燃烧,火焰如帜。

孟达:(惊呆,长长地呼唤)姐姐。

画面在火光和呼唤声中淡出。

118.柳如月家　卧室

被窝中,柳如月推了一把,孟达醒了过来。

柳如月:又做梦了?

孟达:姐姐,我又梦见大柳树着火了。

柳如月:(脸一红)我知道。

孟达:(定定地看)如月,我在做梦吗?

柳如月:刚才是,现在醒了。

孟达用手揉了揉头,又掐了掐胳膊,怀疑地看着屋内的摆设,一把抱住了柳如月的腰。

119.柳如月家　客厅

饭桌上摆着几样精致的小菜,饭锅放在一边。

孟达和柳如月对面而坐。

两人同时各自举菜放到了对方的碗里,默契感十足,笑。

120.街上

孟达和柳如月顺着空寂的马路上走。

孟达:(坏坏地)姐姐。

柳如月脸红了。

孟达:我觉得叫你姐姐,真亲。

柳如月举手把耳朵捂住了。

121.楼道里

龚心如跟儿子一前一后在上楼。

孟小柱:妈,学校让交补习费、校服费和下个学期的书费。一共是六百二十八块钱。

龚心如：校服费咱们不是不做了吗,咋还要收啊？

孟小柱:不行,统一的。

122.街上

街道空荡荡,孟达和柳如月手牵着手。

孟达:稿子我已经寄走了。现在,你能说那个秘密了吧。

柳如月:我又不想告诉你了。

孟达:那不行。

柳如月有点儿害羞,欲语又休,最后把嘴贴近了孟达耳朵。

龚心如的声音:给我往起走,大白天,半迟不早,你睡的哪门子觉(遥远,由小而大而清晰)。

123.家里

孟达迷糊地睁开了眼睛。

龚心如手里提着被子,正在冲着孟达嚷。

龚心如:眼看要过年了,你不能全累我一个人吧。东西不买了,你把家给我收拾一下也行哇。你啥也不干,算个什么男人啊。

孟达心烦意乱,眉头紧皱。

124.小区门口

胖女人站在收发室门外,拿着布单子甩。

孟达失魂落魄地走过去一段距离了,又踅了回来。

孟达:大嫂,有没有我的信?

胖女人:(边甩单子)没有。

孟达转头走了。

胖女人:(自语)这个神经病,好长时间不问信了,咋又问开了。

125.家里

厨房中,龚心如戴口罩,穿围裙,手忙脚乱地忙乎着。

孟达两手空空推门进来。

龚心如:你把东西给我买回来没?

孟达:哎呀,我给忘了。

龚心如:(把口罩一摘)你脑子是不是让猪吃了,啊?给你安顿点儿事,你能记住个甚,啊?你是傻了,还是咋了?你这么气我啊。

孟达:行了,我现在下去买回来就是了。

龚心如:你买能来得及啊?为甚我说给你的事,就连放个屁也不如啊?

龚心如把手里的东西扔下不干了。

孟达拉开门走了。

126.书房　夜

孟达坐在电脑前看着显示器发痴。身子后靠,双眼闭了起来。双手抱头,趴在桌子上。最后平展展地躺倒在地上。

127.回忆镜头

　　快速,老窑洞,柳树,小孟达跌落,孟达念文章,柳树着火……

128.街道上

　　画面稳住,清晰了,现出街道。

　　柳如月:(附在孟达耳上)我有了。

　　孟达:有了什么?

　　柳如月:(害羞)有了孩子。

　　孟达:(不解)孩子!谁的?

　　柳如月:(嗔怨)当然是咱们俩的了!

　　孟达:(诧异)怎么会这样?

　　柳如月:我也不知道。(瞥一眼孟达)看你,好像不高兴?

　　孟达:不是。我,我,我是有点不敢相信。

　　柳如月:是真的。

129.柳如月卧室

　　孟达一脸兴奋地在柳如月的肚子上听着,快乐得像个孩子。

　　孟达:如月,想不到咱们俩也会有孩子。

　　柳如月柔媚而幸福地看着孟达。

　　孟达:原来会如此啊。

柳如月：瞧你那傻样，好像没当过爸爸一样。

孟达：（字正腔圆）这是完全不同的两种情况。

柳如月脸上的表情慢慢凝住了。

130.书房　夜

孟达躺在地上，表情恍然如梦。

龚心如穿着睡衣进来，眉头紧锁，生气地用光脚丫把孟达的头顶了一下。

孟达在梦中笑着，眼皮、嘴角和腮上皮肉抖动。

龚心如蹲下身子，在孟达脸上抽了一下。

孟达醒了，恍恍然看清龚心如。

孟达：你老是打扰我们干甚！

龚心如：不识好歹的东西。这大冷天的，你睡在地上，我不叫你，睡死你啊。

孟达坐了起来，龚心如气呼呼地出去了。

131.高楼楼道

孟达换了一身行头，手里拿着对联，在十九层门口比画着。

132.柳如月家

柳如月坐在沙发上看电视。

窗台前，内，那盆花又盛开了。外，两只麻雀在欢快地相戏跳跃。

　　孟达:(给柳如月捏肩)后天,我们要回乡下去过年。你能跟我一起回去吗?

　　柳如月:(笑)从现在开始,我哪儿都不走了。

　　孟达依恋地看着柳如月。

133.长途班车上

　　车上坐满了人,有些人挤在过道里。

　　孟达一家三口坐在长途车上。

　　孟小柱和龚心如在吃东西。

　　窗玻璃上凝了白色的霜花,孟达看着车窗。

　　白霜花上显出了柳如月素白的笑脸,笑脸却突然黑了。

　　孟达一惊,捂住了腹部,忍着疼痛。

　　车进入了山洞。

134.石窑中　　傍晚

　　过年了,外面传来爆竹声声。

　　家人把炕头挤得满满的,在桌子前吃年饭。

　　几个孩子拿着炮跑了出去。

　　石窑洞向里的旧柜上,老式电视机正在放着《新闻联播》。

　　后炕角落里,一只大猫在睡觉。

弟媳和妹妹在灶前忙乱,龚心如在上菜。

龚心如:(端一盘菜上来,屁股一抬,跨坐在炕沿上,拿起一个空碗准备吃饭)哎呀,我是不伺候你们了,我吃饭呀,让她们两个辛苦吧。

弟弟:(笑)嫂子。瞧你现在的身体,越来越好了。

龚心如:咋,眼红?

弟弟:那倒不是,你看我哥,咋越来越瘦了。是不是好吃的都让你和小柱给偷吃了?

龚心如:(一本正经)我就知道,迟早有人会说这话的。

弟弟:嫂子,玩笑话啊。

龚心如:你就是不开玩笑,我也要说的。

家里所有的人一时都静悄悄的,连电视的响声也不甚分明。

龚心如:你哥的身体不好,家里有谁比我更清楚,更着急。可我急不顶用啊。就说他吃饭吧,一顿就那么一碗碗饭,你就是骂他,他都不给你往进吃。他每天就爬在电脑上,写那些一无是处的烂东西,连晚上睡觉,我都不知道他脑子里在想什么呢。这还好,现在有一份工作让他能锻炼一下身体……

135.老窑洞前

孟达独自看着破烂的土窑洞,缓缓地似在寻找什么。

　　老父亲悄无声息地走到儿子的身边。

　　孟达：爹，你咋过来了？

　　老父亲：没事。

　　孟达：爹，咱们家老窑洞就这么废了？

　　老父亲：那不废能有甚用。现在村子里除了上年岁的，都没人住了。

　　孟达和父亲默默地站了一会儿。

　　孟达：爹，当年咱们家的那棵大柳树，究竟是因为甚起了火？

　　老父亲：树太老了，大概是自己烧起来的吧。

　　孟达：噢，那树桩挖掉了？

　　老父亲：没，是让山上的土滑下来给埋在地里了。

　　父子俩来到了一面斜土坡上，草茎稀稀中，长着一棵光秃秃的小柳树苗子。

　　孟达走上前去，用手抚摸着小柳树，眼睛一热，有点动情。

　　父亲：(指着土坡)当年就在这长着。今年，不对，是去年春天，这不又长出一小柳树来。

　　孟达：爹，这棵小柳树，肯定就是那棵大柳树的儿子。你要多看护点，不要让牲畜和人给伤着了。

　　父亲：这个我和你妈知道。等天暖了，给绑上个防护栏就没事了。

孟达嘴皮子动了动,没说出话来。

父亲从口袋里掏出一盒烟,给儿子递了一根,自己抽了一根。

孟达掏出打火机,给父亲把烟点着,然后自己点上。

父子俩同时吸了一口,同时吐出两缕烟丝。

父亲:(蹲在小柳树边上)儿子,自己的身体可得当紧着点。还年轻呢,吃不下饭那哪行。要是有病,就早点去看医生。

孟达:(故作轻松)爹,放心吧。我没事,好着呢。

父亲:好着就好。人就活个身体,那是本。

孟达:嗯。

父亲:写字那种事,要是太累了,就算了。一家人踏踏实实过日子吧。

孟达听着,点头应着。

136.山坡上

孟达和老父亲一前一后,向着山坡下的新石窑走去的背影。

小柳树在阳光下随风舞动。

十万大山被镜头框在了画面里。

青岚如烟,亘古苍凉。

画面淡出。

137.西安城

一座千年的古都,城墙,亭台,楼影,车水马龙的街道,如蚁的行人。

两只麻雀在飞,落在了高楼上一扇窗台前。

玻璃里边,一盆小花盛开着。

138.柳如月家

孟达和柳如月紧紧抱在一起,吻。

孟达:(手摸向了柳如月微隆的肚子)如月,我已经看到过他了,一棵风姿绰约的小柳树。

柳如月:(往开推了一下)胡说。他应该是一个生龙活虎的小孟达。

孟达嘿嘿笑了。

139.小区入口 早春

孟达牵着柳如月大大方方,如恋人一样走进大门。

门房中,胖女人脸色阴黑,坐在椅子上像一尊金刚。

孟达探身进门,张了张嘴。

胖女人:(粗声)不要问了。有,我会告诉你的。

孟达悻悻退出身子。

胖女人声音:麻烦死人了。

140.书房

柳如月坐在椅上翻看着一踏书稿。

孟达面对显示器半天没有动作。

柳如月:(放下书稿)怎么,没有灵感?

孟达:不是。我是不知如何来安排人物的命运。

柳如月:(笑)上帝是不会有为难事的。你是我的上帝。上帝如何安排你的命运,你就能如何安排我的命运。

孟达:(扭颈,眼神复杂)过去是。现在我已经不是了。(痛苦自语)难道这就是文学的独立吗?

柳如月:(站在身后,按摩孟达颈项)不要这么累,顺其自然吧。

孟达:(手支下颏,庄重)不,我一定要给你一个完满的交代。

柳如月:你好像说过,完美是另一种残缺。

孟达:那是别人的话(思考)。

柳如月:(莞尔)大作家,是不是又要吐真言了?

孟达:(突然铿锵)完美,是美的最高境界。人类不可企及,如月,你,可以。

141.高楼楼道内　春

　　孟达穿着工作服,一手拍着身上的尘土,一手摁门铃。

　　尘土飘舞翻飞,颜色反常,在孟达身后凝聚散开。

　　柳如月开门相迎。

　　黑气呼地一下扑了上来,片刻,慢慢散开。

　　孟达捂着腹部,侧身在楼梯上,疼得满脸冷汗。

142.家里

　　一家人在吃饭。

　　孟达吃了两口,打着嗝。

　　龚心如:咋,又不想吃了?

　　孟达:不是,胃有点不舒服。

　　龚心如:你好好往进吃饭啊,要不然外人还以为我虐待你呢。

　　孟达皱眉,勉强地往嘴里扒着米饭。

143.街道上

　　孟达路过一家规模不大的医院,掏了一下口袋,犹豫,最后走了进去。

144.小区门口

　　胖女人坐在门房口吃一盘草莓,看见孟达提着一袋米往里走,跑回门房,拿着一封信出来。

孟达已经走出一截路的背影。

胖女人:(摇着手里的信)哎,那个人,你的信。

孟达继续往前走的背影。

胖女人:(放声)哎,叫你呢。那个怪人,有你的信。

孟达猛地站住,转过身来。

145.话外音与画面结合

男性话外音:所寄稿件因如下原因不能出版。一、出版社转制,出版计划全部冻结。二、同类题材图书市场销售不佳。三、原来计划因经费问题已取消。对此我们表示歉意。所寄稿件我们原则上不退,如需要,请寄邮资过来。如果您有意自费出版,我们可以提供帮助。特此。中国理想出版社编辑部。2010年6月26日。

孟达在小区的道上走着;在楼道内向上走着;在开家门;把信摔在了茶几上;坐在电脑前发呆。

146.家里　傍晚

龚心如开门进来,后面跟着孟小柱。

龚心如:(嗅)咋这么大的酒味啊。

孟达趴在茶几上睡着了,旁边放着喝得剩瓶底的白酒瓶子。

　　龚心如:瞧你老子,长本事了,一个人在家里还喝醉了。

　　孟小柱:也许是睡着了。

　　龚心如:儿子,你往醒叫他。

　　孟小柱:(蹲下,摇动孟达)爸,你起来到卧室睡,这么个难受了哇。

　　龚心如:你大声点。咋,还怕把他吓着了?真是的,哪有个男娃娃样子。

　　孟小柱:(拿起茶几上的那封信)妈,我爸的书又不能出了。

　　龚心如:我早就知道是这么个结果。他还异想天开,一天到晚写那些散德玩意儿。白白地耗了这么多年的时光,人都写成了傻子了,还不知道醒悟。这下好,让现实好好地教训一下他,也省得我去费口舌,生闲气了。

　　孟达睁开血红的眼睛。

147.家里　夜

　　孟达黑灯瞎火地摸进了卫生间,摇摇晃晃到马桶边,脸和嘴几乎伸进了马桶槽,放声吐了起来。

　　孟小柱:(穿裤头、揉眼进来、语音含混)爸,你没事吧?

孟达:你睡去,爸爸没事,吐了就没事了。

龚心如声音:我上辈子干了什么缺德事了,找了你这么个没有一点用处,只会折腾人的男人。咋,遇上这么点打击就受不了?受不了,你为啥不跳楼去。跳楼死了,我也好省心点。

孟小柱给孟达拍着耸动的后背。

孟达呕着,后探了手推儿子去睡。

孟小柱迷瞪离开,顺手按开了灯。

孟达瞥了一眼马桶,秽物中带着血,抬头照镜子,口角处也有红色,用手一抹。

龚心如声音:眼看娃娃要高考了,娃娃的压力那么大,你不关心他,还半夜折腾他,你算什么父亲?我要是你,活到这个份儿上,活着还有甚意思。我早就碰到墙壁上碰死了。

孟达猛地按下了水伐,马桶中的东西被冲走。

148.一片树林里　日

古城墙边,柳如月和孟达领着小狗在散步。

柳如月:是金子,迟早都会闪光的。

孟达:我真的有点坚持不下去了!

柳如月:不是有一句话,叫行百里者,半于九十。你可不能轻易放弃这份天纵的禀赋。那样就太可惜了。我相信你,只要坚持下去,一定会成功的。

孟达有点茫然地看着远处。

柳如月：嫂子的态度，我认为她也是这个病态世界的感染者。你不能责备她，她应该理解你。你要知道，一个融洽的家庭，是创作最大的温床。反之，它就成为文学的悲剧之源。

柳如月在一棵垂柳边驻足，用手笼住几根垂柳丝，闻着。

孟达：如月，你，让我又有了点儿信心。

柳如月：(笑)我理解你。这何尝不是你自己对自己的理解呢(握住孟达一只手)。你不能光写，还要学会生活，学会休息，学会去爱。走，我领你去个地方。

两人牵手向一道拱起的桥上走去。

149.商场里

柳如月拉着孟达来到一片服装区。

服务员小姐：(迎上来)先生，你想选一款什么样的衣服？我们这里的商品，这两天搞活动，原价一千多块钱的，现在一律五折(把一件衣服拿给孟达)。

柳如月：这件就挺好，非常适合你。你要穿上了，保证会面貌一新。

孟达：多少钱？

服务员：(摁着手里的计算器)我给你算一下。原价一千八百八十八元，打五折是九百四十四元。零头免去,再优惠你六元。先生,这可是国际名牌,才九百三十四元。比一周前买的人,你省下了近一千块钱呢。

　　孟达:(拉柳如月到一边)太贵了。

　　柳如月:我的傻爱。不要忘了,在幻想的世界里,你可是贵族大家。

　　孟达:可是,我扫一个月楼道,才挣九百块钱。

　　柳如月:(扑哧笑)那是真实,这是虚拟。

　　孟达:(若有所悟)噢,我搞混了。这么说,这里的东西,我可以想买什么就买什么?

150.大街上

　　孟达穿着刚买下的衣服,款款如一个人物。

　　柳如月挽着孟达的胳膊,挺拔的身姿在大街上走着。

　　紧跟的小狗也穿了一件华贵的衣服。

151.医院内

　　过道里,病人和护士来来往往。

　　门诊室,孟达手拿一张化验单正跟大夫交流着。

　　大夫:你是孟达的什么人?

　　孟达:我是他哥。他自己有事顾不上来,让我来给取的。

大夫：嗯，那我告诉你，你弟他胃上长了一个肿瘤，已经扩散了。

孟达：什么意思？

大夫：嗨，就是患了胃癌，已经病变。

孟达一屁股坐在了椅子上。

152.大街上

孟达失魂落魄地走着，身体飘摇，脚步踉跄。

又换了一身行头，手挽着手的柳如月和孟达迎面而来。

孟达傻呆呆地站着，目迎两人走近。

交错，小狗冲着孟达吠了两声。

柳如月：不知道，真实是一种什么感觉？

孟达：两个字，沉重。

柳如月：将来，我一定要感觉一下真实。

孟达：那很简单。

柳如月：用一个梦讲述另一个梦，那不是我要的真实。

孟达：那怎么办？难道用生命进行互换。

柳如月：谋杀而来的真实，也不真实。

两个人走过傻呆呆的孟达身边，留下一双熟悉的背影。

呆孟达转身跟了上去。

153.十字街头

红灯亮,交警在中间岗厅指挥交通。

看见酷孟达和柳如月走了过去,呆孟达陷在了路口中央,被双向车辆夹在中间。一个危险接着一个危险,有两辆车几乎贴面而过。

交警赶了过来,把孟达拉到中间岗厅上,训斥着什么。

红绿灯又在变。

另两个方向的车辆汹涌而上。

孟达往一个方向望着,突然放声大哭,双膝跪地,向着一个方向磕了三个头,跟着更换方向,把四面长街全都叩完。

行人在看,在说着什么。

驶过的车辆上司机在看,在说着什么。

一辆车砰地追尾了。

154.家里

孟达在卧室里昏睡。

龚心如:(进来,把窗帘一把拉开)你做下甚得理的事了,还睡下不起来。(见孟达无反应)把被子一下给掀了起来。

孟达身子蜷曲起来。

龚心如:我告诉你啊,我今天单位忙着呢。你去给人家把卫生打扫了。中午,早点回来,给娃把饭做好了吃上,再让睡一觉。娃这可是高考前最后一个月的冲刺了。

　　孟达:我不想干了,把那份工作给辞了吧。

　　龚心如:你说什么,辞了?辞了你想干甚?亏你能说出口。我告诉你,要是把这份工作给我丢了,那你就剩下死了。

155.高楼楼门口

　　孟达提着清扫工具,仰头看着高耸的楼。
　　群楼上小下大,如剑。
　　楼在抽象地晃动,天旋地转。
　　柳如月窗前飘舞的红丝绸。

156.柳如月家

　　孟达走出电梯,把工具和工作服往楼道一放,来到门前,把头发捋了一下,按响了门铃。
　　柳如月一身白衫开门相迎。
　　孟达:(生涩)如月。
　　柳如月:(精灵之眼闪烁而笑)听声音,我知道你又有委屈了?
　　孟达:(强装微笑)没有。是昨天晚上没睡好。
　　关门,孟达有点不自然,手足无措。

柳如月狐疑地看着,上前,在孟达唇上轻轻一吻。
孟达僵硬地站着没有动。

157.高楼楼道内
孟达在清扫,一帚又一帚。体能不支,他靠着墙壁,慢慢滑坐在了阶梯上。

158.柳如月家
孟达和柳如月站在窗台前远望。
窗前,内,那盆小花败了。外,两只麻雀无精打采,似在丢盹儿。
孟达满怀心事,把目光收回到了柳如月的脸上。
柳如月回眸嫣然一笑。
孟达:如月,你真美。
柳如月:那也不过都是你想象的功德果。
孟达:不,你早已超越了我所有的想象力,具备了独立自生的完美品性。
柳如月把头偎在孟达肩上,秀发蓬松如云。
孟达:要是再能给你一个生命的真实,那就更完美了。
柳如月:不用了,这样就挺好。

159.高楼楼道内
孟达靠坐在台阶上,双目紧闭,似在想象。

160.柳如月家

两人站在客厅当中。

柳如月:你今天怎么了,怪怪的。

孟达:是吗?我怎么没觉得。

柳如月:你真的没事?

孟达:真的没有。

柳如月拉了孟达的手往卧室进去。

161.卧室

孟达耳朵贴近了柳如月微微隆起的肚腹听着。

柳如月:他一直在动,感觉越来越明显。

孟达:嗯,我听到了。

柳如月:你喜欢他是男孩,还是女孩?

孟达:都喜欢。

柳如月:(坐起来)那不行。这事,你必须得选择。

孟达:(想了想)那就男孩吧。

柳如月:(飘然下地,嬉笑)你这个想法,我早就想到了。

162.高楼楼道内

孟达双目紧闭,时不时咳嗽一声,脸上表情表演一般变换。

那只大狗又从上边突兀地跑下,尾巴在孟达脸上一扫而过。

孟达惊醒,狗影转眼即逝,呼吸声在楼道里回响着。

孟达艰难地拿起了工具。

163.家里

孟达在做饭,油锅呛得他不时作呕,咳嗽。

孟小柱:(开门进来,更衣,换鞋,嗅着)爸。今天吃啥好的?

孟达:(强作笑颜)你最喜欢的水冲凉面。

孟小柱:啥臊子?

孟达:肉臊子。

孟小柱进了自己的卧室。

164.柳如月家

柳如月:(并排而躺,爱抚孟达头发)傻蛋,不许你这样啊!有心事必须跟我说。

孟达:如月,我想到你们的世界里来。行吗?

柳如月:(扑哧笑)你这是傻问。

孟达:不是,我是认真的。

柳如月:那不可能。

孟达:为什么?

柳如月:古话云,皮之不存,毛将焉附。

孟达:可我把一切都生成于文学之中了啊!

柳如月:那也不行。

孟达怅然长出一口气。

165.书房　夜

孟达嘴里叼着烟,一手握拳支在胃部,眼睛盯住电脑,双手不时在敲击键盘。

166.街道上

孟达和柳如月边走边聊。

孟达:明天,我就把工作辞了。

柳如月眨着双眼,不解地看着孟达。

孟达:时间不够,我必须完成咱们俩的人生安排。

柳如月:这么急干啥?

孟达:没办法,天命难违。

柳如月:嫂子不同意,你会事与愿违的。

孟达:顾不得那么多了。

167.家里

龚心如快步来到书房门口,一脸怒气看着正在快速打字的孟达。

龚心如:谁让你辞工作的?

孟达：我现在身体不行，干不了那营生了。

龚心如：放屁。

孟达：小柱马上要高考，我想在家里好好招呼他。

龚心如：还放屁。（顿）甚也不是，你还是给我想写这些烂东西。

龚心如抱起显示器砸在了地上。

孟达身子向后一靠，人随了椅子一起跌倒在地。

显示器在地上冒了一股蓝烟。

龚心如：我让你辞工作！我让你写！

龚心如发疯般扯脱了键盘，扔在地上用脚踩着，又拉出了主机箱砸在了显示器上。

孟达眼泪夺眶而出，一手捂住腹部，爬起又蹲坐在地上，咳嗽，吐出一口血来。

龚心如一下子蔫了。

168.医院病房里

孟达在病床上输液，龚心如走来走去。

几个病友在吊瓶，在看报，都很安静。

孟达睁开眼睛，看着龚心如快步走了出去。

169.医院院子里

龚心如：（哭着在打电话）大夫说了，是癌，已经到了后期……他一直没跟我说。我也太粗心了,今天吐血,我才知道……

170.病房里

龚心如悲伤地推门进来,抹着眼睛,来到了孟达的病床前。

孟达:老婆,我不想住院,咱们回家吧。

龚心如:大夫不让。

孟达:小柱马上要考试了,咱们不能让他分心。

龚心如:住上两天,好点再说吧。

孟达:我的身体我知道,白花钱。

龚心如:谁说的?

孟达:我自己知道。

龚心如:(抽泣起来)你活死人啊,知道自己有病也不早跟我说。

孟达:电脑彻底坏了?

龚心如:(负气)修好了。

171.病房里　夜

柳如月悄无声息地进来,站在孟达病床边无声地流泪。

孟达:(目光蒙眬)这么晚,你怎么过来了?

柳如月:(附在了孟达身上抽噎)为什么不跟我

说。

孟达:没有永远的故事,生命也一样。该结尾的时候,就要顺其自然。

柳如月:自欺。骗人。

孟达:这是命运的安排。

柳如月:不,你要树立信心,我相信你能治好的。

孟达露出一丝苦笑。

172.医院大门口

一辆 120 救护车蜂鸣着驶了出去。

孟达提一个小包站在大门口,一辆出租在跟前停了下来。

车上走下了龚心如,还有父母和弟弟。

孟达迎上去,母亲颤巍巍抢上来抱住儿子,泣不成声。

孟达:(语涩)妈,没事。

龚心如:你出来干啥?

孟达:医院的手续我都办了。咱们不住院,回家。

龚心如:(急,拉着哭腔)爸,妈,你们看,他一点也不听我的话。

弟弟:哥,咱们家就是砸锅卖铁,也要治好你的病。

孟达:不用了,我现在就想回家。

父亲:(埋怨)儿,有病你不治,你好孝顺啊!

孟达泪珠如线而落。

孟达:爸,儿子不孝。

一家人抱头痛哭在一起。

173.家里

孟达陪父母坐在沙发上,正交流着什么。

弟弟站在阳台上,背影一动不动。

一只捆着翅膀和双腿的红冠公鸡,在一处角落里动来动去。

龚心如红着眼睛给公公婆婆杯里添水。

孟达:爹,娘,平常我听你们的话。现在,你们就让我给自己做一回主吧。

父亲:你做主,还不如用刀杀了我们。

孟达:(哭音)爹,你就不要逼我了,让我在这段时间里自由一点吧。

父亲摇头,痛苦地说不出话来。

孟小柱:(背着书包,开门进来)爷爷,奶奶,三爹,你们来啦。

一家人几乎是同时强作欢颜。

父亲:柱儿,你放学了?

孟小柱:从明天开始,我们就没课了,自由复习。

龚心如:小柱,你先歇一下,妈还没顾上做午饭呢。

母亲:对,对,快给娃做饭。

孟小柱:(往沙发间一坐)爸,你咋这么快就出院了?

孟达:爸没事,有点胃溃疡。大夫说回家慢慢补一补就行了。

孟小柱:噢,那我就放心了。

母亲:对,对。三元,你下去把那只咱们拿来的鸡给杀了。让你嫂子炖上,咱们给你哥和小柱补一补身体。

弟弟:(提起鸡)小柱,你给三爹找一把刀。咱们一块下楼下杀鸡去。

孟小柱站起来去了厨房。

174.家里　夜

电脑进入窗口,孟达点击看了一下,发现写下的东西都在,欣慰地关闭了。

孟达悄无声息地回到卧室,睡到床上。

黑暗中,龚心如在抽搐哭泣。

175.柳如月家

窗前,内,干旱的花叶有点蔫。外,两只麻雀没了踪影。

窗口前,柳如月头靠在孟达胸口一动不动。

石英钟走得格外响亮,听上去惊心动魄。

孟达画外音:我相信生命是永恒的,死亡是一种新的开始。所以,我不惧怕。如果这个世界抛弃了我,那我就进入另一个世界。一个属于梦想的世界。在这个世界,爱、生活,一切纯粹而美好。可以说,它们是另一类型的真实存在。我已经营造它们多年了。

176.家里　傍晚

龚心如:(把饭端到桌上)都过来吃饭。

孟达声音:你们先吃,我写完这一段。

传出键盘敲打的啪啪声。

孟小柱声音:妈,你跟我爸先吃。我做完这道题就过去。

龚心如坐在饭桌前,举了两筷子菜,有点难以下咽,把筷子拍在桌上生气。

龚心如:都不把吃饭当回事。一个个饿死你们。

孟小柱和孟达先后走了出来。

一家人围坐着吃饭。

孟小柱大口吃饭。

孟达端着碗吃不进去。

龚心如给儿子举一筷子菜,瞅着孟达。

龚心如:你往嘴里吃呀!

孟达:我吃着呢。

龚心如:你吃个屁!一碗饭吃半天还是一碗。你吃到哪了?

177.家里　夜

龚心如:(抱着电话)妈,小柱不在,跟同学出去了。他药吃着呢,不顶用……一天连一小碗都吃不进去,还吐。我想让他还住院,他就是不……每天守在电脑前,不停写,疼得龇牙咧嘴,都叫不下来……

电脑前,孟达一手捂着腹部,一手放在键盘上,半天不动,眼里转着泪花。

龚心如:(走进来)我说你不管用,你妈让你接电话呢。

孟达:(焦躁)我不接。

龚心如:你咋这么自私,为啥不接?

孟达:(哭腔)我求你们了,给我点安静的时间,让我把最后的这点写完吧。

龚心如:你写完又能咋样?

孟达:(喃喃)我就想写完。

龚心如用怜悯而又悲伤的眼神看着孟达。

178.柳如月家　日

柳如月在给孟达梳头,两个人很精神,很健康。

柳如月：写完,咱们是不是就能永远在一起了？

孟达：这是我的构思和安排。

柳如月：我有点害怕。

孟达：怕什么？

柳如月：要是一切都因为你烟消云散了,那咋办？

孟达：上帝创造人类,其实也是一种创作行为。我创造自己的文学世界,也是一种创作行为。精神归于精神,尘土归于尘土。上帝因为人类的信仰而不死。咱们,还有咱们的孩子,都会在这部用我心血写成的作品中永存。

柳如月停下了手里的梳子,目光迷茫地望向了那扇窗户。

179.家里　夜

孟达和龚心如睡在半明半暗的卧室。

窗外,一片知了的叫声。

孟达：老婆。

龚心如平躺着,不应也不动。

孟达：有些话,我想跟你说一下。(顿)这么多年夫妻,我心里知道,你是好妻子,也是个好母亲。这个家让你辛苦了。都怨我太失败,太自私了,总想有朝一日能给你和家人一些安慰。现在却是这么个结果。我对不起你和孩子。

龚心如：少说便宜话。现在才良心发现了？早干甚的？

孟达：对不起。

龚心如：（半天不语，终于翻身向着孟达）好了，不要说什么对不起的话。这么多年，你也确实不像话，把所有的精力全放在写那些虚无缥缈的东西上。你沉迷得太深了。我就烦你这一点，可至终，我也没改变了你。现在……（哽咽），我给你说，后天，柱子就要上考场，完了你就给我住院去。我就是死马当着活马医，也要你给我活着。活着，这还是个家，我还有个说话的伴。你要是就这么自私地走了，把我们孤儿寡母留在这个世上，你说，你走了，说再多的对不起，又有甚意义（突然放声哭，又忙压住，呜咽而泣）！

孟达抹了一把眼泪，把老婆拥在怀里。

180.高楼顶上　夜

孟达和柳如月坐在那处台子上。

东边，月亮冉冉升起。

两个人的身后，那种黑色的影子又在成形。

柳如月：上一回在这里看月亮，你说遇上了煞，煞是什么东西？

孟达：怎么说呢，人生得意时，煞是得意之上的一把烈火，炙热得很。人生失意时，煞是失意的一股怨气，衰败得很。人生衰朽的时候，煞是灵魂的一声叹息。

黑色影子张牙舞爪地逼近过来。

孟达：(快)说白了，它不过是一种看不见、摸不着，与天地相系，和命运共体，自在又空无，时聚又时散，势利而又无耻的一个影子罢了。

黑影因为生气而咬牙切齿地抖动着。

孟达：人不惧死，煞不过是另一种笑容。

黑色影子抽搐变形，痛苦地飞去飞回，最后凝为一滴露水，晶亮在孟达的手背上。

露水中，月亮晶亮。

月光照亮了孟达和柳如月坚毅的脸颊。

整个城市，在月光中。

181.学校考场门口

大门外，闹哄哄送子参加考试的场面。

龚心如和孟达站在铁门前，目送着孟小柱走进校园。

龚心如：哎哟，我的心紧张得受不了了。

孟达：你去上班，我在这守着。

龚心如：我哪有心思上班啊！还是你回去，把你那个烂东西给我赶紧写完了。

孟达：已经写完了。

龚心如:阿弥陀佛,你终于完了。

孟达眨眼看着龚心如。

龚心如:(呸、呸了两口,自抽嘴巴)阿弥陀佛,如来佛、观世音菩萨,你们把我臭嘴的晦气给我吧。我只是说他写完了,不是说他人完了。

孟达抓住了龚心如的手,眼里,泪水浑浊。

182.多画面闪现

孟小柱在考场上答卷。

孟达捂着腹部,顽强地走进了前面去过的打字复印铺子。

龚心如在银行里取钱。

柳如月独自一人站在那扇窗户前。

街道上,车辆如流。

钟楼上,有人在撞钟,钟声在古城上空悠悠。

183.教学楼前

孟小柱和许多的学生在怪叫,在撕书。

纸张在教学楼前的空中飘飘扬扬。

楼底下,书纸铺了一地。

184.街道上

孟达双手捧着打印成册的书稿,贴在胸前,又拿在眼前,露出少有的幸福样。

封面特写:长篇小说《梦想成真》;作者:孟达。

孟达身后,另一个孟达和柳如月在窃窃私语,议论着前边的孟达。

前面的孟达咳嗽了两声,捂着腹部,缓缓蹲下身子。

后面的孟达和柳如月有点紧张。

行人都绕开了孟达身边,有的远远站着看。

前面的孟达慢慢站了起来,地上,几片咯出的血迹。

185.梦幻地

孟达拿着书稿和柳如月在一片绿茵和花草中走着。

这是一处远处有山,近处有水的梦幻所在。山水间有一处童话般的房子。房子一侧有一片菜园,一片果园。房子后面有一道美丽的彩虹。

孟达用书稿指了房子,柳如月手搭在额前遥望着。

186.梦幻房子外

柳如月欢快地绕房子舞蹈。

小狗喜喜在裙裾间跑。

孟达:喜欢吗?

柳如月:(舞近,牵住孟达手)太美了。

孟达:将来,这里就是咱们的归宿。

柳如月用劲地点了点头,在孟达脸上一吻,舞着进入了屋子。

187.梦幻房子内

一扇明亮的窗户对着含黛的远山。

屋内,藤椅、木桌、花床各有意境地陈列着。

一间小小的厨房,炉灶、水桶、炊具各在其位,应有尽有。

又一道小门上青茎缠绕,绿叶如画。

一间有着摇篮、木马、小小桌椅的孩童居室。

柳如月双目灵动,眉如柳叶,唇如月牙,表情非常动画。

柳如月:啊,宝宝的房子。

空中响起了孩子牙牙学语的声音。

柳如月和孟达如醉如痴,一脸幸福的笑容。

童声消失,柳如月嘻笑着舒展肢体,如蝶轻盈落在了床上。

188.梦幻房子外

孟达和柳如月坐在树间轻荡的秋千上。

孟达：孩子的名字你想好了吗？

柳如月：（嘴一抿）这个，嗯，我应该先问你。

孟达：（含蓄）孟想。

柳如月：（沉吟）孟想，孟想，嗯……

柳如月突然用手捂着微隆的腹部。

柳如月：哎呀，孩子在动呢，他也听见了。

孟达贴耳在柳如月微隆的腹部上。

两人同声：孟想。

189.小屋前的小路上

柳如月恋恋不舍地伴着孟达。

孟达把一本书稿交给了柳如月。

孟达：我用这本书，安排好了咱们的一切。将来会怎么样，你一看就知道了。

柳如月调皮地点了点头。

孟达：你就在这里等着，我很快就会过来的。

柳如月：（嘟着嘴，深信）嗯。

孟达笑了笑，心有所思的样子，转身离去。

风摆着柳如月的裙裾，飘扬着她迷人的黑发。

书稿在风中翻动，整个画面随之抽象起来。

柳如月呼唤：爱，想我，你就喊我。

孟达在一片夕阳的光晕中回头挥手。

190.家里

孟达一家三口表情沉重地坐在沙发上。

孟达:去了能咋样,花钱,还不一样受罪。

龚心如:那也得去。

孟小柱有点失神的样子。

孟达:我实在不想住在医院里,受那些针扎药苦的罪。既然是不治的病,治就没必要嘛。

龚心如:你就这么自私吧,我和孩子的心情你就一点都不理解。

孟小柱突然跪在孟达的面前,看着父亲放声大哭。

孟达忙去拉儿子。

孟小柱:爸,你听我妈的话,住院吧。

孟达也哭了,含着眼泪。

孟小柱:爸,你要不答应,我,我,我就跪着不起来。

孟达:(哽咽)儿子。

191.医院

孟达躺在病床上,护士推来了输液架,用针头在手腕处扎着,一次不成,又一次。

孟小柱和龚心如斜脸不忍看。

输上了液,护士又在孟达的屁股上打针。

护士：没见过你们这种家属，人病成这样才来医院。

孟小柱和龚心如哀怨地看着孟达。

孟达：护士，是我不来。这怨我。

护士：你不怕死。

孟达：不怕。

有几个朋友抱着花束，提着一些东西来看望。

孟达脸上露出了一丝日暮黄昏式的笑容。

龚心如和孟小柱忙招呼。

192.医院　夜

孟达捂着腹部从卫生间出来，站在床位前，想了一下，开始收拾自己的东西。他提了一个包，悄悄地溜出病房门，溜到了走廊里，溜出了虚掩的一道门。

193.家里　夜

孟达开门进来，在暗黑中站着。

龚心如声音：小柱？

孟达：我。

龚心如一身内衣，抖抖索索从卧室走出来。

194.梦幻小树林

柳如月坐在秋千上，手捧着孟达的那本书稿，如痴地读着。

一双蝴蝶在秋千边翻飞。

小狗喜喜追了上去。

195.公园草坪上

在一处无人的草坪上,孟小柱把背着的孟达放了下来。

孟小柱扶着孟达坐在草坪上,看着公园里的游人。

孟达:儿子,过两天就要开学了,你能升入大学的门槛,爸爸真替你高兴。

孟小柱:爸,我一点也没感觉到高兴。

孟达:(愧疚)都是爸爸不好。

孟小柱:爸,你为什么老说这样的话。我不爱听。

孟达:傻儿子,爸爸只有说出来,心里的愧疚才会少一点。

孟小柱:那你说。

孟达正欲说话,不远处,有一个女孩在对孟小柱招手。

孟小柱挥了挥手,把孟达平放在草坪上。

孟小柱:爸,是我们同学。你先躺一会儿,我很快就回来。

孟达:(脸露喜色)去吧,爸爸正想在这草坪上静静地躺一会儿。

孟小柱站起来的身影显得高大壮实，躺着的孟达弱如一根朽木。

孟达侧身看着儿子跑步离开的背影，一滴浊泪顺着眼角落在了草尖上。

泪珠挂在绿色的草尖上，在阳光的映射下，旋转坚持着。

孟达话外音：这个世界真美，可惜啊，我就这么一眨眼错过了。四十多年，我本来可以做一个好丈夫，一个好父亲，一个好儿子。可我都没有做到。因为我爱上了幻想，爱上了文学，爱上了一个美丽的梦境。我活在自己创作的世界里，悲伤和欢喜着每一个角色的人生。这究竟是一份拥有，还是一份失去，我不知道。现在，我太累了，该走了……

草尖上的泪珠重重地落在地上。

196.家里　日

孟达昏迷在床上，父母、兄弟、妻儿围在周围。

母亲：达儿，妈妈来看你了，你醒一醒。

父亲用一双多皱的眼睛表情复杂地看着毫无反应的儿子。

龚心如哭成了泪人，接过儿子递过的毛巾，捂着嘴去了卫生间。

孟小柱：（揉搓着孟达的十指）爸，你醒醒。爷爷和奶奶来看你了，你醒醒。

父亲：小柱，不要叫了，让你爸睡去吧。

孟小柱：爷，我爸昨天还睁开过一次眼睛。

孟达眼皮动了动，微微地睁开了一条小缝。

弟弟：爹，娘，我哥醒了，他看见咱们了。

孟达眼皮又合上了，嘴唇在动。

龚心如从卫生间跑出来。

一家人再次静静地看着床上的孟达。

孟达眼睛再一次睁开，目光遥远。

孟达：（微弱，断断续续）爹，娘。儿不孝，儿要走了。

父亲：（老泪纵横）你走吧，走吧。

龚心如一把抓住了孟达的手哭着不放。

孟达眯眼看着龚心如和儿子。

孟达：小柱，你把爸写下的东西全抱过来，爸想再看一眼。

孟小柱答应着跑了出去。

孟达：（盯着龚心如）对不起，老婆。你不要悲伤，好好保重。

龚心如抽噎着，把头一下子偎在了孟达的胳膊上。

孟小柱：（抱了一摞打印出来的书稿过来）爸，我给你全都整理好了,都在这里。你看。

孟达在龚心如的帮助下,抚摸自己一生的作品,欣慰地露出了一丝笑意。

弟弟:(吃惊)哥,你咋写了这么多啊?

母亲:(突放悲声)我的傻儿哟,你是累死的哟。老天爷。

父亲:不要哭,听娃说。

孟达:小柱,别忘了爸的话。爸要带上它们走。到时全给爸烧了。

孟小柱点头又摇头。

孟达挣扎着拿起最上面的一本。

封面显示:长篇小说《梦想成真》,作者孟达。

孟达:这是爸最后的作品,永远的归宿地。

孟达用哆嗦的手指翻动书页。

柳如月在书页里,坐在秋千椅上看着书稿。

孟达:(颤声)如月。

柳如月闻声,猛地拿着书稿从秋千上跳了下来。

孟达:我来了。

柳如月和小狗自梦幻小屋飞翔而至的身影。

孟达迎望着,浑身抖动坐了起来,目光在变直,嘴一张,噗地吐出一口血来。

血如梅花点点,缓慢地落在了跳动的书页上。

床头那一摞书稿突然飞翔起来,书页翻动,无数的幻象,无数的人物和头脸在抽象中显现,无数的声音在哭,无数的声音在嘶叫。

家人一个个惊呆了的面孔,定格动作姿势。

弥留的孟达看着,脸上荡出幸福的笑容。

终于,书稿一页页落在了地上,幻象消失,喧闹静止。

那本最后的书稿还在空中飞旋。

书页抖动,书里的黑字像无数蛾子分离而出,在空中密密麻麻地飞舞着,结聚着。

家人们被纷涌飞舞的蛾子恐慌地逼到了门口。

蛾子慢慢结聚出了眼睛、眉毛、头发、耳鼻、轮廓、衣袂、手臂……

空中一点点显出了透明的柳如月和小狗的影像。

书页散开、飘飞,凝聚到了透明的柳如月和小狗的身影之上。

片刻,在一片寂静中,柳如月真人真身站在床头。

小狗欢欢蹲在阳台一角,看见凸现而出的小狗喜喜吠了两声。喜喜也回应吠了两声。两只小狗互相观察着。

孟达:(张着带血的嘴,喃喃)啊,这不是我构思的结局!怎么会这样啊?

柳如月恍然不知,旁若无人,半跪床边,握着孟达的手在自己脸上抚摸。

柳如月:爱,我来接你了,咱们走吧。

孟达:(惊恐)不对,这不对呀。你不应该来到这个世上啊。你过来了,我去了,你们怎么办,我怎么办?

柳如月惊觉到了什么,目光恐惧地四射。

门口的家人试探着向前靠拢过来。

孟达:(紧抓柳如月的手)如月,如月,你一定要让我再回到这个世上来。

柳如月:(闪烁的目光一点点平静)爱,放心吧。我一定能找回你。

孟达无限依恋地长长地吐出一口气,死在了柳如月的怀抱里。

龚心如大着胆子走向前来,看着柳如月。

龚心如:你是谁?

柳如月回过眼眸,对着龚心如嫣然一笑。

197.老家窑洞外　秋

孟达父亲吧嗒着一袋旱烟,蹲在土坎上。

下边不远处,用栅栏保护起来的那棵小柳树,在秋风中摇曳着。

栅栏旁,立着一把生了锈的铁锨。

弟媳从窑洞门出来,端着一盆血水,水里泡着一个胎盘。

弟媳专注地走出土院子,来到了小柳树前。她把盆放在地上,开了栅栏门,拿起边上的铁锨在树前挖了一个半米多深的小土坑,看了看,端起那个血水盆倒了进去。

父亲:(自上面走了下来,沙哑)你嫂子生了个啥?

弟媳:哎哟,是爹啊,我还没看见。

父亲抽着旱烟等着答案。

弟媳:是个小子。我妈说,跟娃他大爹小时候一模一样。

父亲抬头看着天空。

天空中有一大片鱼鳞云,天空下,山野如幛,叠向了远方。

唢呐声起。

2010.6.21 日初稿成于西安家中
2012.2.18 日改定

▲

作者 / 亚宁

作者简介

亚宁,本名宗力杰,笔名:亚宁。1965年生,内大新闻系毕业,在新华书店工作近三十年,现居西安。爱好诗歌多年,小说创作多部。